Nina Jäckle

Der lange Atem

Nina Jäckle

Der lange Atem

Roman

KLÖPFER&MEYER

Den Meinen.
Und dem tapferen
Michael J.H. Zimmermann.

Ausgehend von Personen des wahren Lebens,
sind die in diesem Buch beschriebenen Figuren
frei erfunden.

Wer da lachte oder schwieg

Es war der elfte März, und das Meer atmete aus, ins Land hinein atmete es aus und dann atmete es tief wieder ein. Das Meer sog in sich auf, wer da saß, wer da spielte, wer da schlief, wer da lachte oder schwieg, wer da noch jung war oder bereits alt, übermütig, einsam oder in einer Umarmung. Das Meer ließ eine Kante zurück. Eine Kante, die nun auf ewig markiert, wo das Glück sich aufhielt, an jenem elften März um vierzehn Uhr sechsundvierzig, und wo das Glück in diesem Moment nicht war.

Das Meer hat einen langen Atem, sagt meine Frau, auch du wirst langen Atem beweisen müssen.

Das unentwegte Kratzen der Bleistiftspitze auf dem Papier

Ich habe einen neuen Aktenschrank bekommen, in dem ich die Fotos der noch nicht identifizierten Tsunami-Opfer aufbewahre. Es sind viele Fotos, es sind Fotos, die man besser nicht ansieht. In den Aktenschrank sehe nur ich allein, nicht einmal mein Vorgesetzter will sich die Fotos ansehen.

Man kann diese Fotos niemandem zumuten, man kann keinem der Hinterbliebenen zumuten, auf eines dieser Fotos zu zeigen und ja zu sagen, ja, das ist sie, ja, er ist es.

Zuerst ist das Nummerieren und das Einsortieren der Fotos in den Aktenschrank, dieses Ordnunghalten, dieses Verwalten der entstellten Toten nicht zu ertragen gewesen. Mit der Zeit ist es ein Vorhaben geworden. Ich bin Phantombildzeichner, immer schon lobte man meine Phantomzeichnungen, nun lobt man die Zeichnungen, die ich von den Tsunami-Opfern anfertige. Ich rekonstruiere die Gesichter der Gefundenen, ich zeichne die Gesichter ohne ihre entsetzlichen Verletzungen, um den Hinterbliebenen die Identifizierung ihrer Angehörigen zu erleichtern. So ist es ihnen zumutbar, so können sie auf meine Zeichnungen zeigen, auf gezeichnete, unversehrte Gesichter, ja, können sie dann sagen, ja, das ist sie, ja, er ist es.

Ich denke in anatomischen Einzelfällen, ich vermeide es, an alle Schubladen des Aktenschrankes gleichzeitig zu denken, mein Blick konzentriert sich auf das eine nächste Foto, das mir als Vorlage für die eine nächste Zeichnung dient, doch die fortlaufenden Zahlen verweisen ohne Unterlass darauf, wie viele nicht Identifizierte es immer noch gibt, wie wenige der zu zeichnenden Gesichter ich bis jetzt gezeichnet habe.

Seit jenem Tag zieht immer wieder auf dem einen oder anderen Fernsehsender zur Küste hin das schneeweiße Band, die breite Borte aus weißem Schaum. Unerbittlich zieht die Welle über das Meer, unerbittlich hin zur Küste. Wir wissen seit jeher, wie man sich mit der Natur arrangiert, wie man zerstörerische Kraft besänftigt, wir leben seit jeher mit den Gefahren der Naturgewalten, wir haben keine andere Wahl. Geschmolzenes Gestein, unruhiger Grund, das Meer rundum, wir wissen, wie man Geister und Gottheiten beschwört, an jenem Tag aber erlebten wir, dass dies nicht immer funktioniert. Wir trainierten die Flucht, wir trainierten, nicht erst auf eine Warnung zu warten, wir trainierten, anderen zu helfen, an jenem Tag aber erlebten wir, dass auch dies nicht immer funktioniert. An jenem Tag haben wir erlebt, wie wichtig es ist, dass nicht geschieht, was schlimmstenfalls geschehen könnte, und ebenso haben wir erlebt, dass tatsächlich geschieht, was schlimmstenfalls geschehen könnte. Wir haben erlebt, was Unerbittlichkeit ist, nun erleben wir, wie es ist, trotz allem wieder Leben zurückkehren zu lassen, wie es ist, Geschäfte wieder zu eröffnen, Kinder wieder in die Schule zu schicken, wieder auf Fischfang zu gehen, trotz allem zu vertrauen und den Fisch zu essen, den Reis, die Algen.

Es werden gewiss bald Lieder geschrieben über die Schmetterlinge mit den zu kleinen, deformierten Flügeln und den seltsamen Augen, es wurden noch längst nicht alle dieser Schmetterlinge geboren, sagt meine Frau.

Schaltet meine Frau neben mir im Bett das Licht aus, so liege ich meist noch lange wach in dieser Stille, und ich habe das Gefühl, mein Gesicht leuchtet in dem dunklen Raum, als reflektiere meine Haut immer noch den Schein des Leuchttisches, über den ich mich Tag für Tag viele Stunden beuge. Und in meinem Kopf ist das Geräusch des Bleistifts, das unentwegte Kratzen der Bleistiftspitze auf dem Papier. Und vor mir tauchen die Gesichter auf, die Augenpartien, die Nasenbeine, die Linien der Wangenknochen. Immer wieder stellt sich mir die Frage, ob ich ein angedeutetes Lächeln in die Gesichter zeichnen darf, ob es anmaßend ist, an ein Lächeln zu denken, an Lachfalten, an einen unterstellten fröhlichen Gesichtsausdruck in den von mir wiederhergestellten Gesichtern der namenlosen Tsunami-Opfer.

Wir sahen einen Jungen im Fernsehen. Unsere Familie, sagte er, das war meine Mutter und mein Vater und mein Bruder und ich. Jetzt sind mein Bruder und der Hund, den wir behalten dürfen, meine Familie. Der Hund wurde in den Trümmern gefunden wie wir, er war dreckig und allein, eines seiner Beine war gebrochen. Er versucht, nicht zu traurig zu sein, er ist sehr brav, und er will sein Bestes geben, er ist tapfer, sagte der Junge im Fernsehen, als spräche er von sich selbst.

Den ganzen Tag über, während ich die Gesichter zeichne, halte ich einen Radiergummi in der Hand.

Ich eigne mir die Gesichter an, Strich um Strich. Die Anatomie macht sie mir logisch nachvollziehbar, ohne Zweifel weiß ich, welchen unpassenden Bleistiftstrich ich mit dem Radiergummi sofort wieder zu entfernen habe. Die Augen zeichne ich stets zuletzt, beim Zeichnen der Augen werde ich nervös, denn sie sind die lebendigste Unterstellung. Durch die Augen, durch den Blick, bekommen die Gesichter ihren Witz oder ihre Strenge, ihre Frechheit, ihre Enttäuschung oder auch ihre Verschwiegenheit. Habe ich die Augen und also den Blick in die Gesichter gezeichnet, so sind die Gesichter bereit, von den Hinterbliebenen identifiziert zu werden, von jenen, die der Pazifik nicht holte, weil sie dort waren, wo sich das Glück aufhielt, von jenen, die dem langen Atem des Meeres entgangen sind. Die von mir gezeichneten Gesichter werden so lange öffentlich aushängen, bis jemand auf sie zeigt, bis ihnen jemand in die Augen sieht und einen Namen ausspricht, ja, das ist sie, ja, er ist es.

Unser idealer Berg, sagt meine Frau, unser schönster Vulkan, ewig schon und so oft gezeichnet, hat Makel. An seinen Flanken sind mit der Zeit immer mehr kleine hässliche Buckel entstanden, aber niemand zeichnet diese Buckel mit. Du solltest sie zeichnen, der Wahrheit wegen, sagt meine Frau vorwurfsvoll. Ich denke, sie mag es nicht, dass ich die Gesichter ohne Verletzungen zeichne, weil meine Zeichnungen nicht der Wahrheit entsprechen.

Jeden Abend kehre ich die schwarzen Radiergummireste auf meinem Schreibtisch zusammen. Ich bewahre diese Zeugnisse meiner Fehlinterpretationen, meiner ästhetischen Unterstellungen, gegen die sich die nummerierten Gesichter mit der Logik ihrer Anatomie zu wehren vermochten, in einer Teedose auf. Ich bringe es nicht übers Herz, die Radiergummireste zu entsorgen, sie sind Teil der Zurückerschaffung, auch, wenn sie lediglich meine fehlerhaften Zeichenstriche und Schraffuren, also meine Unzulänglichkeit dokumentieren.

Wenn das Meer ruhig und sanft vor mir liegt, wenn es keine einzelnen Wellen zu sehen gibt, das Meer also ein harmloses, ein ganzes Schwanken ist, dann ist es mir, als würde ich belogen, als würde das Ungeheuer schnurren wie eine handzahme Katze, bevor es sein tatsächliches Maul aufreißt. Ich gehe seither nicht mehr oft ans Meer. Jeder von uns meint dasselbe mit dem Wort seither.

Woran soll ich denken, fragt meine Frau hin und wieder vor dem Einschlafen.

Seit jenem Tag denke ich oft an das große Aquarium, meine Frau und ich verbrachten einen ganzen Tag dort. Wir standen in einem großen Tunnel aus Glas. Um uns herum waren die Strömung, die Bewegungen der Fische, der Pflanzen, alles gehörte zu allem, nur wir standen in dem Tunnel aus Glas, außen vor.

Das blaue und grüne und leuchtende Meer ist schwarz oder braun oder grau, kommt es an Land. Mehrere Autos trieben in einem Parkplatzbecken, die Autos stießen an einer Hauswand an, eine Stimme aus dem Lautsprecher war nicht zu verstehen, ein Einfamilienhaus mit Blick auf das Meer ging in die Knie, auf den Anhöhen standen Menschen und pressten ihre Hände auf ihre Münder. Weiße Tücher wurden als Überlebenszeichen aus den Fenstern oberer Stockwerke gehalten.

Ich denke oft an unsere Nachbarn, die jetzt nicht mehr unsere Nachbarn sind, an Aoko, an das kleine Mädchen Aoko.

Wasserflaschen wie Geisterfänger

Ich mache aus namenlosen Unbekannten wieder Menschen mit einer Familie, mit einer erzählbaren Vergangenheit, das sage ich meiner Frau, sobald ich bemerke, dass sie sich um mich sorgt. Einmal brachte ich ihr eine der Zeichnungen mit nach Hause, sie hatte mich darum gebeten. Ich hatte auch eines der dazugehörigen Fotos mitgebracht. Ich sprach über die Anatomie des Menschen, über die Eindeutigkeit der Knochen, über diese klare Vorgabe, nach der sich die Gesichter fast ohne jeden Zweifel wiederherstellen lassen. Es sind zumeist zerstörte Gesichter, die mir beim Zeichnen immer vertrauter werden, wie die Gesichter von Bekannten oder Nachbarn, das sagte ich meiner Frau. Die Nummer zweiunddreißig hatte ich dabei, am nächsten Tag wollte ich sie mit anderen fertigen Zeichnungen aushängen. Auf dass die Toten identifiziert werden, auf dass sie ihre Namen zurückbekommen, damit sie beerdigt werden können, damit alle Frieden finden, sagte ich meiner Frau. Auf dem Foto, das ich mitgebracht hatte, war kein Gesicht mehr zu erkennen, jenes Tsunami-Opfer auf dem Foto hatte keine Vergangenheit mehr, meine Zeichnung erst würde ihm vielleicht seine Vergangenheit zurückbringen, seine Familie. Ich hoffte, dass die Zeichnung meine Frau beruhigen, dass sie meiner Frau den Kummer nehmen würde, den das Foto ihr bereitet hatte, meine Frau blieb still.

Sieht man unter Wasser etwas liegen, so befindet es sich nicht dort, wo man es zu sehen glaubt, das gilt auch für den Blick aus dem Wasser in den Luftraum hinaus. Als Junge faszinierte es mich, dieses Danebengreifen oder aber die Tatsache, dass mein Fuß unter Wasser nicht dort war, wo ich ihn sah. Neulich träumte ich davon, wie ich immer wieder versuchte, etwas aus dem Wasser zu holen, wie ich immer wieder ins Leere griff. Das Wasser war hellgrün und klar, die Felsen und Korallen waren scharfkantig, mein Blut in den Wellen war kaum zu sehen. Ich denke immer wieder an den Blick aus dem Wasser in den Luftraum hinaus, ich denke auch an Aoko, für sie befindet sich hier oben nichts an der Stelle, an der sie es von dort unten aus sieht, ich denke auch an das Danebengreifen, daran, dass niemand Aoko festzuhalten vermochte.

Erst Knochen, dann Muskeln, dann Haut. Mit der Haut kommen die Schatten. Mit dem Zeichnen der

Augen ist das Gesicht bald keine Nummer mehr, sagte ich zu meiner Frau, sie nickte still. Seit sie das Foto und die daraus entstandene Zeichnung gesehen hat, stellt sie kaum mehr Fragen, ich denke, sie mag nicht, dass ich die Gesichter zeichne.

Früher zeichnete ich Phantombilder von Verbrechern, von Tatorten. Zuhause, nach Feierabend, zeichnete ich Landschaften, Vögel, Pflanzen. Seit ich die Gesichter der Tsunami-Opfer zeichne, habe ich Stift und Block Zuhause nicht mehr angerührt. Es käme mir unpassend vor, Landschaften zu zeichnen oder Vögel oder Pflanzen, das Kratzen der Bleistiftspitze auf dem Papier ist nun das Geräusch der Gesichter.

Die Meerfrauen tragen seit jeher weiße Anzüge und weiße Kopftücher, das Weiß schütze sie vor den Haien und vor Unglück, sagen sie. Ich bin mir nicht sicher, ob sie seit jenem Tag nahe der Küste wieder am Meeresboden Schnecken, Muscheln, Seeigel, Algen und vor allem Seeohren haben sammeln dürfen, ihre Schutzanzüge sind vermutlich nicht mehr genug Schutz seit jenem Tag. Es gibt nur noch wenige der weißen Meerfrauen. Gestern, in meiner Mittagspause, zeichnete ich Aoko in einem weißen Anzug, mit einem weißen Kopftuch. Das hilft gegen die Haie und ein wenig gegen das Unglück, flüsterte ich, dann warf ich die Zeichnung in den Papierkorb.

Braunalgen erntet man am Meeresgrund, Seeigel findet man in den Korallenriffen, Aale, Karpfen, Zander sind Grundfische. Normalerweise gibt es kein Cäsium im Körper, auch nicht am Meeresboden. Immer schon hing gesäuberter Tintenfisch auf Wäscheleinen zum Trocknen, ganze Dörfer ließen gesäuberten Tintenfisch in ihren Gärten hinter den Häusern trocknen. Tintenfisch findet man in Küstennähe, das herkömmliche Säubern reicht seit jenem Tag nicht mehr aus, alles, was vom Meeresgrund kommt, hat seine Bedeutung verändert. Sie werfen die nicht mehr essbaren Fische zurück ins Meer, die Fischer werden nach Fanggewicht entschädigt. Die Kinder lernen neue Wörter, sie lernen schnell. Aus den Wörtern Jod, Cäsium und Plutonium werden wohl in Zukunft ihre Abzählreime sein. Mütter stellen Wasserflaschen wie Geisterfänger auf, das soll helfen gegen die strahlenden Partikel, sagt meine Frau. Zwei-Liter-Wasserflaschen aus Plastik umsäumen Kinderspielplätze, ich habe es auf einem Foto gesehen, das sieht aus, als würde man Beschützen spielen, sagt sie.

Wenn meine Frau gefragt wird, was ich mache, antwortet sie, ich würde Portraits zeichnen. Das ist ein gutes Portrait gewesen, sagte sie mir neulich, sie dachte wohl an die Zeichnung mit der Nummer zweiunddreißig, und ich vermute, sie versuchte das Foto zu vergessen, auf Grund dessen ich diese zweiunddreißigste Zeichnung angefertigt hatte. An das angedeutete Lächeln, das ich in das Gesicht gezeichnet hatte, wird meine Frau wohl gedacht haben, und dann konnte sie es Portrait nennen.

Was ich unbedingt vergessen muss, sagt meine Frau, ist der Anblick eines Lampenschirms im Dreck, der Anblick eines Bügeleisens zwischen Steinen, der Anblick von gesplittertem Holz neben einem ausgestopften Bären, der Anblick einer zerbrochenen Schüssel, eines zerbrochenen Bilderrahmens mit einem zerrissenen Foto darin, der Anblick eines Fahrrades ohne Sitz, eines Kinderschuhs im Schlamm, eines Türgriffs, eines schmutzigen Kissens, ich muss unbedingt den Anblick der Plastikfolien zwischen den Trümmern vergessen, körpergroße Plastikfolien waren das, und Soldaten überall.

Man kann seit jenem Tag nicht mehr bewundernd über das Wasser blicken, den Horizont ansehen, die Wellen beobachten oder die Spiegelungen der Wolken oder die Reflexionen des Sonnenlichts oder des

Mondscheins. Man kann sich nicht mehr vorstellen, dass dieses Meer jemals wieder ein Postkartenmotiv sein könnte. Sieht man auf das Meer hinaus, hat man die Kinder vor Augen, die Väter und Mütter, die Häuser, Ausweise, Zeugnisse, Zäune, Hunde, Rinder, Hühner, Katzen, Schreibtische, Radios, Töpfe. Es gibt Postkarten vom Meer, die vor jenem Tag geschrieben und verschickt worden sind, sie treffen nicht mehr zu, den Pazifik, den diese Postkarten zeigen, gibt es für uns nicht mehr. Alle hier wissen, was das meint, benutzt man das Wort seither. Es meint das Leben und alles, was mit dem Leben zu tun hat, und auch alles, was mit dem Leben zu tun hatte, es meint all das, worüber wir schweigen und auch all das, was kommen wird. Es meint auch die Postkarten, die nicht mehr zutreffen, die man von hier in die Städte schickte, die man nun nicht mehr lesen oder ansehen will, es meint die vielen Urnen, die noch zu füllen sind, es meint die Erinnerungen an ganze Familien, an Fabriken, an Farmen, an ganze Straßenzüge, an ganze Wälder, an Spielplätze.

Zeichne mir Spinnen, hatte Aoko gerufen, einen Bogen Papier trug sie in der Hand. Zwei Spinnen und eine sehr schöne Holzschachtel dazu, mit Blumen darauf, und dann zeichne mir ein Spinnnetz, dass wir daraus lesen können, wir beide zusammen, sagte Aoko.

Es gibt Kinder, die werden in diese beengte Welt der zu kleinen Container hineingeboren. Ihnen wird erzählt werden, dass man nicht schon immer auf diese Weise Wand an Wand lebte, dass man nicht für immer auf diese Weise Wand an Wand leben wird, dass es größere Zimmer sein werden und mehr davon, eines Tages. Ihnen wird erzählt werden, dass es eine Welle gab, kurz bevor sie geboren wurden, eine Welle, die es vermochte, in weniger als einer Minute ein ganzes Dorf fortzuholen. Trotz der Deiche, trotz der Schutzmauern, wird man hinzufügen. Den in die Container hineingeborenen Kindern wird erzählt werden, dass Wasser Autos zerquetschen kann, dass in ein Baseballstadion die Trümmer von eintausendsechshundert Häusern passen.

Nicht aus dem Gedächtnis der Knochen

Alles Weitere hängt immer von der Gunst des Moments ab, von der Gunst eines jeden einzelnen Moments. Für uns meint das seit jenem Tag, dass sich keine der Erdplatten verschiebt. Wenn wir uns abends ins Bett legen und meine Frau das Licht ausschaltet, ist wieder ein Tag vergangen, an dem es kein zu starkes Beben gab, wieder ein Tag also, an dem das Meer nicht kam, uns zu holen.

Weil sie nicht wissen, was sie tun sollen, berichten sie uns, es sei nicht schlimm, sagt meine Frau. Unangenehm, aber nicht aussichtslos nennen sie die Lage. Doch die Menschen sind unruhig geworden, viele sprechen darüber, manche streiten, manche bleiben einfach stumm sitzen, andere wollen weit weg und bleiben stumm sitzen, es gibt viele, die den ganzen Tag nichts weiter tun, als weit weg zu wollen und sitzen zu bleiben, sagt meine Frau.

Vor ein paar Wochen arbeitete ich an einer Zeichnung

und erst als ich mich an den Mund machte, erkannte ich das Gesicht. Es war das Gesicht meiner Tante. Ich hatte ein Portrait von der Schwester meiner Mutter gezeichnet. Die Nase war mir nicht gut gelungen, ich radierte, ich zeichnete die Nase neu, nun aus meinem eigenen Gedächtnis heraus, nicht aus dem Gedächtnis der Knochen. Die Radiergummireste fegte ich nicht in die Teedose zu den anderen Radiergummiresten, ich ließ sie auf dem Tisch liegen, ich wusste nicht, was ich mit ihnen tun sollte. Meine Tante war eine alte, zierliche Frau gewesen, es gehörte nicht viel dazu, sie fortzutragen. Von meiner Tante gab es etliche Fotos, die sie am Meer zeigten. Meine Tante liebte den Pazifik, ihr Vater, mein Großvater, war Fischer gewesen. Im Sommer brachte er Oktopoden und Aale, im Herbst den Lachs und im Winter den Kabeljau. Meine Großmutter hatte stets Angst davor, dass mein Großvater nicht wieder zurückkäme, dass er verloren ginge mit seinem Fischerboot und den anderen Fischern, meine Großmutter fürchtete den Pazifik, meine Tante jedoch liebte ihn. Ich schrieb den Namen meiner Tante hinter die ihr zugewiesene Nummer.

Man erzählt sich, dass Fischer eines Tages vom Fang zurückkehrten und den Hafen vollkommen verwüstetet vorfanden. Nichts hatten sie von der riesigen Welle gespürt, noch hatten sie etwas von ihr gesehen, als sie auf hoher See gewesen waren. Die Fischer nannten die Welle Tsu-nami, Welle im Hafen.

Einen Jungen hörte ich erzählen. Allen geht es gut dort unten, sie haben doch, was sie brauchen dort unten, sagte er. Ihre Häuser, ihre Autos und Motorräder, ihre Fahrräder und Hunde, das viele Spielzeug, Bäume zum Klettern, viel Platz, sogar Schatten und Berg und Tal, alles haben sie dort unten, sagte der Junge, niemand widersprach ihm. Dort unten, so nannte es der Junge, das ist mir im Ohr geblieben. Dort unten, das klang aus seinem Mund wie der Name eines wundersamen Ortes, unser Atlantis, könnte man meinen. Der Junge nahm sein Einrad und fuhr davon, die Arme ausgestreckt, froh über seine Geschichte.

Und immer wieder und wieder zieht auf dem einen oder anderen Fernsehsender zur Küste hin dieses schneeweiße Band, diese breite Borte aus weißem Schaum.

Es heißt, die Erde drehe sich seit jenem Tag etwas schneller, das Beben habe das Trägheitsmoment der Erde verringert, unser Schicksal also verkürzte die Länge eines Tages auf dieser Welt um fast zwei Mikrosekunden. Das sagte ich meiner Frau, und ich weiß, sie dachte an all jene, für die sich die Erde gar nicht mehr dreht. Du weinst nie, sagte sie.

Manchmal denke ich daran, dass wir einmal jung gewesen sind, dass es eine Zeit gab, da wusste ich nicht, dass wir von der Gunst eines jeden einzelnen Momentes abhängen, von einer jeden einzelnen Sekunde also, in der nicht alles fortgespült wird, was eben noch so selbstverständlich dein Leben war.

Das Wort Bruder

Die Frau stellte sich mir nicht vor, schweigend kam sie zu mir, schweigend sah sie mich an, sie sah den Radiergummi in meiner Hand, sie sah den Leuchttisch, die noch nicht fertige Zeichnung eines männlichen Gesichts sah sie und das dazugehörige Foto. Sie ist jünger als meine Frau, sie ist so jung, wie meine Frau einmal jung gewesen ist.

Sie reichte mir ein Foto, sie stand vor mir und sagte kein Wort, nur das Foto gab sie mir, und sie sah mich an. Ich hielt das Foto eines jungen lachenden Mannes in der Hand. Ich erkannte die physiognomische Ähnlichkeit der beiden sofort. Nach einem Moment sagte die junge Frau das Wort Bruder.

So jung, wie auch du einmal jung gewesen bist, diesen Satz denke ich, und ich sehe meine Frau, wie sie mir gegenübersitzt, und ich weiß nicht, wen von uns beiden ich mit diesem Satz meine. Wir essen, ohne viel zu sprechen, wir sind schweigsam geworden, meine

Frau fragt mich nicht nach dem verbrachten Tag, sie weiß, womit ich von morgens bis abends meine Zeit verbringe, es wirft keine Fragen mehr auf. Ich möchte heute keine Nachrichten sehen, sagt meine Frau, fast jeden Abend nach dem Essen sagt sie es. So jung, wie auch du einmal jung gewesen bist, denke ich immer wieder.

Das Foto, das mir die junge Frau gab, liegt in der Schublade meines Arbeitstisches, ihr gut gelaunter, ihr lachender Bruder, so nenne ich diese hübsche, unversehrt abgebildete Person, oder ich nenne sie ihr nicht gefundener Bruder oder ihr Bruder ohne Nummer oder ihr Bruder unbekannten Schicksals. Ich zeichne die Gefundenen, sagte ich der jungen Frau, Ihr Bruder aber ist noch nicht gefunden worden. Die junge Frau lehnte an der Wand, meine Mutter erträgt es nicht mehr, sagte sie leise, dieses Warten und diese Gedanken, dass der Geist meines Bruders umherirrt und keine Ruhe findet, dass er nicht zur Ruhe kommt in unserem Familiengrab, dass es also keinen Ort gibt, an den man gehen, den man ihm zu Ehren sauber halten kann, erträgt meine Mutter nicht mehr. Nichts anderes findet im Leben meiner Mutter mehr statt, als dieses Warten darauf, endlich die heimliche Hoffnung begraben zu können, dass mein Bruder noch am Leben ist. Meine Mutter ist krank, sie wird bald sterben, sagte die junge Frau leise, und sie lehnte an der Wand, während sie sprach. Ich möchte nicht, dass meine Mutter so stirbt, so unruhig und wartend, so außer sich. Zeichnen Sie meinen Bruder, es ist doch ganz einfach für Sie. Sobald das Gesicht eines Tsunami-Opfers besonders schwer zu erkennen ist, nehmen Sie das Foto meines Bruders zur Hand, Sie zeichnen sein Gesicht, dann hängen Sie die Zeichnung öffentlich aus, so machen Sie ihn zu einem Gefundenen. Meine Mutter sieht sich Ihre Zeichnungen jeden Tag an, das ist das Einzige, was sie noch unternimmt, sie geht aus dem Haus, um sich Ihre Zeichnungen anzusehen. Befreien Sie meine Mutter und mich davon, sagte die junge Frau. Bitte, sagte sie.

Wir sollten bald verreisen, nur für ein paar Tage, findest du nicht, fragt meine Frau. Ich weiß, was sie damit meint. Möglichst weit weg von der Küste, meint sie damit, und sie denkt an mich und an meine Arbeit, wenn sie das sagt. Sie denkt tatsächlich, ich könnte jemals wieder weit weg sein von dieser Küste. Ich antworte nicht.

Es gibt einen Lehrer, der hat trotz allem alle Zeugnisse geschrieben, auch jene Zeugnisse, von denen er wusste, dass sie nicht abgeholt werden konnten, und nun weiß der Lehrer nicht, was er mit diesen nicht abgeholten Zeugnissen tun soll. Vielleicht ist es besser, nichts in den Händen zu haben, sagt meine Frau.

Zeichnest du mir einen Affen und noch ein paar Affen dazu, damit sie miteinander spielen können, fragte mich Aoko einmal, ich saß am Tisch vor unserem Haus und aß etwas, Aoko hatte sich zu mir gesetzt. Schicken Sie Aoko unbedingt fort, sollten Sie von ihr gestört werden, rief mir Aokos Mutter aus dem Garten nebenan zu. Zeichne auch einen weißen Fuchs für mich, lachte Aoko, bitte, bitte, und sie aß von meinem Teller.

Das Foto, das mir die junge Frau gab, liegt in der Schublade meines Schreibtisches, in der ich meine persönlichen Dinge aufbewahre. Die junge Frau ging, ohne mich noch einmal anzusehen. Ich fürchtete mich davor, dass sie den Namen ihres Bruders sagen, dass sie sich im Gehen nach mir umdrehen und seinen Namen einfach aussprechen könnte, so, dass ich diesen Namen nicht mehr vergessen würde. Der Name Ihres Bruders muss sich über meine Zeichnung finden, rief ich der jungen Frau nach, ich muss sein Foto aus dem Aktenschrank nehmen und beginnen, das namenlose, das nummerierte Gesicht zu zeichnen, es mir anzueignen, nur so geht es, sagte ich etwas leiser. Mit jedem Strich, mit jedem Radieren käme ich dem Namen Ihres Bruders etwas näher, sagte ich leise. Die junge Frau war gegangen. Ich weiß, sie wird nun wie ihre Mutter jeden Tag zu meinen aushängenden Zeichnungen gehen und das Gesicht ihres Bruders suchen, des Bruders, der nicht gefunden wurde. Ich wäre Teil einer Lüge, es wäre Verrat an all den anderen Zeichnungen, die anhand der gefundenen Toten entstanden sind, es wäre Verrat an den Toten. Das unversehrte Gesicht des Bruders abzuzeichnen, wäre Verrat an all diesen Schicksalen. Und wenn er nun doch gefunden wird, dann wäre sein Grab bereits belegt von einer Lüge, sagte ich leise. Und wenn er gar nicht umgekommen ist, dachte ich den Satz, der seit jenem Tag bereits so oft und von so vielen gedacht worden ist.

Zu zweit in der Ebene, so stehen wir nun

Ich bin zu dem Felsen gegangen, sagt ein Mann, ich bin zu dem Felsen gegangen, und er stand immer noch dort, wo er stets gestanden hatte, das machte mich wütend und zugleich tröstete es mich, sagt er.

Ich müsste den Telefonvertrag meines Sohnes kündigen, ich bringe es jedoch nicht übers Herz, sagt eine Frau.

Ich musste die Hoffnung meiner Tochter ignorieren, sagt ein Mann.

Wir hatten eigentlich eine Verabredung, er wollte mich zu Hause abholen, ich warte immer noch, dass er kommt, ich kann nicht anders, sagt eine Frau.

Es war furchtbar laut. Dann zog sich das Wasser zurück, ganz plötzlich war es still, und dann hörten wir Rufe, wir hörten Rufe aus den Trümmern, sagt ein Mann.

Ich habe die Katze unserer Nachbarn gefunden, ich habe die Katze behalten, aber sie gehört nicht zu mir, sagt eine Frau.

Ich habe meiner Frau erklärt, dass ich nicht fort kann, ich habe ihr gesagt, dass noch viele Zeichnungen anzufertigen sind, dass ich Zeit brauche, dass ich nirgendwo auf der Welt jemals wieder weit entfernt von dieser Küste sein werde, auch das habe ich meiner Frau gesagt. Und es stimmt, niemals mehr werde ich ohne diese Küste, niemals mehr werde ich ohne das Kratzen der Bleistiftspitze auf dem Papier sein, selbst dann, wenn ich nicht zeichne, werde ich dieses Geräusch, das nun das Geräusch der Gesichter geworden ist, im Kopf haben. Manchmal spiele ich mit dem Radiergummi in meiner Hosentasche, ich werde niemals mehr ohne Radiergummi sein.

Der Radiergummi wird kleiner und kleiner, bis er verschwunden sein wird, die schwarzen Radiergummireste in der Teedose werden mehr und mehr. Ich mache allerdings Fortschritte, die zu radierenden Fehler werden seltener. Von Zeichnung zu Zeichnung gewöhne ich mich mehr daran, auf die Eigenheiten der Gesichter zu schließen, schnelle Entscheidungen zu treffen, weniger lang zu zweifeln, Nase, Kinn, Mund und

Augen weniger zögerlich in die Gesichter hineinzubehaupten.

Viele könnten nachts nicht schlafen, tagsüber jedoch scheine es, als hätten sie keine Probleme mehr, sich im Alltag zurechtzufinden, heißt es über all jene in den Containern. Einer sagt, er fange wieder ganz von vorne an, und dann lacht er, wer ganz von vorne anfängt, der kann auch wieder träumen, sagt er lachend.

Wir sind zu siebt, wir sehen gemeinsam zur Uhr, wenn ein Beben nicht länger als sechzig Sekunden andauert, wird keine Welle kommen, sagt ein Junge, er hält seine Schwester an der Hand.

Ich habe meiner Frau geraten, allein fortzufahren, um ein wenig Zeit in der Stadt zu verbringen. An manchen Tagen ist das Leben hier zu still, habe ich meiner Frau gesagt, die Stadt hingegen und ihr Durcheinander können guttun. Es kann guttun, mit hunderten Anderen über die Straße zu gehen, ein Mensch unter den vielen Menschen zu sein, die in alle möglichen Richtungen eilen. Meine Frau jedoch will nicht ohne mich fortfahren. Ohne dich, das ist nicht mehr möglich, gab sie zur Antwort. Mir scheint, meiner Frau werden die Tage lang. Seit jenem Tag, so scheint es mir, hat meine Frau morgens nach dem Aufstehen bereits das Gefühl, dass ihr Tag nicht vergehen wird. Ich werde mit meiner Frau nicht darüber sprechen, es gäbe vermutlich nichts Weiterführendes darüber zu sagen. Wir sind schweigsam geworden, denn alles liegt klar auf der Hand.

Als wir aus der Stadt wiederkamen, war das, was wir besessen hatten, fort. Aber wir hatten Glück, wir waren nicht zu Hause an jenem Tag, wir waren gemeinsam in die Stadt gefahren, wir kehrten gemeinsam zurück. Wir haben keine Kinder, es wurden uns also keine Kinder genommen. Meine Frau verlor ihren Vater, ich verlor meine Tante, es wurden uns Nachbarn genommen, Freunde, Bekannte, wir verloren Aoko, doch wir beide, wir stehen zu zweit und unversehrt in der Ebene, nebeneinander. Es ist nicht mehr möglich, dass meine Frau ohne mich fortfährt, zu zweit in der Ebene, so stehen wir nun, und auch, wenn mehr und mehr um uns herum wieder aufgebaut wird, werden wir ausschließlich die Ebene vor Augen haben. Das Glück des Überlebens bedeutet, auf die Ebene zu sehen. Seit jenem Tag wissen wir, dass man Menschen verlieren kann, im Sinne des Wortes, dass Menschen aus dem Leben gerissen werden können, im Sinne des Wortes. Seit jenem Tag ist meine Frau auch ein trauriges Kind, eine traurige Tochter, ohne jeden Beweis dafür, dass mit ihrem Vater geschah, was wohl geschehen ist. Und es wird wieder ein dritter Sonntag im Juni kommen und so wird wieder der Vatertag zu feiern sein. Meine Frau wird sich wieder daran erinnern, dass auch sie Vatertage feierte, so wie all die anderen sich an die gefeierten Vatertage erinnern werden, all jene, die seit jenem Tag keinen Vater mehr haben, werden sich erinnern. Und egal, wie alt sie sind, sie alle werden sich auch als trauriges Kind an die gefeierten Vatertage erinnern. Und es wird wieder ein Freitag kommen, und es wird wieder ein elfter März kommen, und es wird täglich vierzehn Uhr sechsundvierzig werden, und das Glück des Überlebens bedeutet, auf die Ebene zu sehen.

Es bilden sich Gruppen, auch jetzt noch. Viele haben seit jenem Tag das Bedürfnis, einer Gruppe anzugehören. Manche sind dabei, weil sie mutig sind, manche sind dabei aus Furcht, andere kommen, weil sie Termine brauchen. Man nennt sie die Freiwilligen, obschon wir alle wissen, dass man nicht von Freiwilligkeit sprechen kann. Es gibt auch Taucher unter den Freiwilligen, auch jetzt noch tauchen sie. Man hört sie nicht darüber berichten, was sie finden, sie werden nicht danach gefragt. Zu viele Menschen jedoch sind gefangen im Nichtstun seit jenem Tag. Sie haben einen Container bekommen, und mit dem Container einen Reiskocher, eine Waschmaschine, einen Fernseher, sie waschen Wäsche, und sie kochen Reis, und sie sehen fern.

Ich weiß, meine Frau fürchtet sich davor, dass ich eines Tages das Gesicht ihres Vaters zeichnen könnte. Ich würde dich nicht nach dem Zustand meines Vaters fragen, in dem Wissen darum, dass du seine Verletzungen gesehen hättest, sagte sie, ich würde dir dein Wissen übelnehmen, dein Schweigen darüber. Du würdest das Gesicht meines Vaters nicht zu Ende zeichnen müssen, noch bevor die Zeichnung fertig wäre, würdest du seinen Namen aufschreiben, ich müsste mir die Zeichnung nicht ansehen, diese Zeichnung, die mir all seine entsetzlichen Verletzungen vorenthielte. Du würdest etwas über meinen Vater wissen, das ich nicht wüsste, und ich würde dir dieses Wissen übelnehmen, ich würde dir auch das Schreiben seines Namens übelnehmen, ich würde deine Handschrift nicht mehr lesen wollen, ich würde sie hassen, sagte meine Frau. Ihr Vater ist bislang nicht unter den Gefundenen gewesen.

Ein Mann sagt, bald war Schnee auf die Trümmer gefallen, für einen Moment verschwand das Durcheinander der Farben, einen Moment lang war alles weiß. Wir haben nach unseren Dingen gesucht, vor allem nach den Fotos von den Kindern, wir haben keines gefunden. Ich mochte den Schnee, es war still um uns herum. Auch meine Tochter hatte den Schnee immer gemocht, ja, das ist sie, sagte der Mann, und ich schrieb den Namen seiner Tochter unter die Zeichnung.

Es gibt eine niedrige Mauer, auf die ich mich setzen, von der aus ich beobachten kann, wer sich meine ausgehängten Zeichnungen ansieht. Ich kann beobachten, wie enttäuscht jene sind, die ihre Angehörigen nicht finden, manche sind auch erleichtert, denn sie hoffen immer noch auf eine Heimkehr. Ich sehe von meiner Mauer aus, wie sie von einer Zeichnung zur nächsten sehen, einen Namen im Kopf, bis sie auch die letzte der Zeichnungen betrachtet haben, um dann nochmals mit der ersten Zeichnung zu beginnen, weil sie ganz sicher sein wollen, dass ihnen kein Gesicht, dass ihnen keine Ähnlichkeit entgangen ist. Auch die junge Frau ist dort gewesen, sie sah hastig die Zeichnungen durch, dann sah sie zu mir hin, ich glaube, in ihrem Blick war Zorn.

Ich sah ältere Frauen zum Aushang kommen. Vielleicht war ihre Mutter unter ihnen, ich weiß es nicht.

Der Radiergummi in meiner Hand wird langsam aber stetig kleiner, die Tage also vergehen. Weil ich mich daran gewöhnt habe, beim Anblick der fotografierten Entstellungen sofort physiognomische Überlegungen anzustellen, unterläuft es mir fast automatisch, dass ich beim Anblick eines mir unbekannten Gesichtes, zum Beispiel in einem Restaurant, oder im Bus, oder beim Spazierengehen, den Knochenbau dieses Menschen vor Augen habe. Ich trage die Haut ab, die Muskeln, und ich sehe auf die Knochen. Das Gesicht meiner Frau ist mir vertraut wie kein anderes. Manchmal stelle ich mir vor, was die Zeit und das Meerwasser, was die Fische dem Gesicht meiner Frau anzutun imstande wären, und dann stelle ich mir meinen Bleistift vor und meinen Leuchttisch. Ich sitze meiner Frau also hin und wieder gegenüber und entblöße ihr Gesicht, und ich denke, ich sehe in diesen Momenten ebenso fremd für sie aus wie sie für mich. Du machst mir Angst, wenn du mich so ansiehst, sagt meine Frau dann.

Die Menschen flüchteten bereits vor mehr als sechshundert Jahren auf die Anhöhen wie wir. Sie stellten hunderte von Mahnmalen auf, hunderte große Steine mit Gravuren, Warnungen für die Nachwelt, für uns. Hunderte Steine stehen, übergrünt von Moosgeflecht, genau dort, wo einst das Wasser hinreichte. Doch mit der Zeit haben die Mahnmale ihre Wirkung auf uns verloren, die auch für uns eingravierte Schrift verschwand hinter Moos. Wir hätten nicht unterhalb dieser Mahnmale bauen dürfen, wir alle hätten in den angrenzenden Hügeln bleiben sollen, aus Angst, aus Respekt, aus Erfahrung. Wir hätten uns immer wieder von den damaligen Wellen erzählen sollen, um nichts zu vergessen. Alle hätten es besser wissen müssen, alle wussten es im Grunde besser. Nun stecken Blumen im Sand an den Stränden der Küste.

Werden wir die Ebene je Landschaft nennen, fragte mich meine Frau eines Abends, werden wir all diese nicht wieder bebauten, mittlerweile verwilderten Flächen, das Fehlen ganzer Dörfer also, je Landschaft nennen?

Seit jenem Tag gibt es mehr Formulare denn je. Viele müssen ihre Fernseh-, ihre Strom-, ihre Wasseranschlüsse abmelden, ihren Telefonvertrag kündigen. Es gibt die Häuser, es gibt die Telefone, es gibt die Wasserhähne nicht mehr. Viele der jungen Menschen wollen arbeiten, deshalb verlassen sie die verwüstete Gegend, die ohne Unterlass und unerbittlich davon erzählt, was alles immer noch sein könnte. Es werden neue Ortschaften nach dem Vorbild der ehemaligen Ortschaften errichtet, nicht viele der jungen Menschen werden zurückkehren.

Als ich noch Tatorte und Phantombilder von Verbrechern zeichnete, war mein Leuchttisch lediglich ein praktisches Hilfsmittel, das mir an meinem Arbeitsplatz zur Verfügung stand. Nun ist der Leuchttisch zu meinem Komplizen geworden, ich gehe nicht mehr jeden Tag zur Arbeit, wie ich es früher nannte, ich tue vielmehr, was einzig für mich zu tun bleibt, Tag für Tag. Und ich tue es nicht leidenschaftlich oder mit Eifer, es fühlt sich nicht an wie ein Spezialauftrag, es ist das, was ich im Moment selbstverständlich zu tun habe, ohne dass es mir jemand aufgibt, ohne dass es jemand infrage stellt.

Als hätten wir Möglichkeiten

Es gibt einige Eingeweihte, sagt meine Frau, die sehr viel wissen, die jedoch ebenso wissen, dass man besser nicht darüber sprechen und nachdenken sollte, und deshalb sagen sie nichts, und deshalb denken sie nichts. Eine ganze Gruppe Eingeweihter, die nicht darüber spricht, weil sie nicht darüber sprechen sollte. Es gibt Spielregeln, von denen außerhalb dieser Gruppe niemand etwas Genaues weiß, sagt meine Frau, auch über das Spiel zu diesen Regeln wissen wir, außerhalb der Gruppe, nichts Genaues.

Hunderttausende von Müllsäcken sind zum Symbol der Hilflosigkeit geworden. Hilflosigkeit auf Feldern, in Gärten, hunderttausendfach, Schaufel für Schaufel abgetragene Erde, seit Langem abholbereit. Zuverlässige Einhausung heißt der Plan der Verantwortlichen. Undurchdringbaren Stahl, stabile Kunststoffelemente und ununterbrochene Kühlung versprechen sie uns. Doch sie verschweigen sehenden Auges, auch ihnen bleibt in Wirklichkeit nichts als das Hoffen auf den gnädigen Wind.

Was Furcht einflößen kann beim Anblick der Toten, ist die Tatsache, dass wir alle nach exakt demselben Muster geschaffen sind. Unsere nackten Schädel gleichen einander so sehr, die Grundvoraussetzungen unseres Äußeren sind so deutlich von ein und derselben Art, dass der Gedanke an das Eigene schwerfällt.

Es gab Freiwillige, die in den Trümmern nach Fliesen gesucht haben, Fliesen, die von den Häusern übriggeblieben sind. Fliesen, über die man gegangen ist, vor jenem Tag, die man Boden nannte, die man an den Wänden anbrachte, Erinnerungs-Fliesen nun, die statt der Toten in die Gräber gelegt werden.

Nur das Nötigste will meine Frau noch besitzen. Es war schwierig, herauszufinden, was das Nötigste ist. Es kommt meiner Frau vor allem darauf an, dass nichts dem gleicht, was fortgespült wurde. Schalen, Hausschuhe, Kissen, Jacken, alles ist nun anders. Das neue Haus ist schlicht, es war schnell gebaut, das Fundament ist gut. Wenngleich das Wort stabil seine Bedeutung verändert hat, haben wir viel für diese solide, schnelle Bauweise bezahlt. Ich musste darüber lachen, ich sagte es meiner Frau, wir sind dumm, als hätten wir Möglichkeiten, als würde das im Unglücksfall etwas ändern, sagte ich. Sei still, antwortete sie, und sie sprach über das gute Fundament, über die gute Bauweise, sie sprach darüber, dass wir ein wenig abgerückt sind, von der Küste hin zu den Bergen.

Unentwegt zeichne ich die Gesichter der zu identifizierenden Opfer. In der Hoffnung, jedem der Gefundenen und jedem der Findenden seinen Frieden zu bringen, in der Hoffnung, jedem der nummerierten, ausgehängten Gesichter wird ein Name, wird ein gelebtes Leben, wird eine Vergangenheit zugerufen werden, zeichne ich unentwegt. Ich zeichne auch Kindergesichter. Kindernamen werden nicht gerufen, sie werden leise gesagt.

All jene hier, die wir kennen, sind Übriggebliebene, uns ist das Leben geschenkt worden, und nun müssen wir mit diesem Geschenk umgehen. Wie kommst du zurecht seither, ist nicht die Frage, die ich stelle, wie geht es dir heute, frage ich stattdessen. Ich frage nicht mehr nach einem generellen Befinden, ich werde nicht mehr nach meinem generellen Befinden gefragt, als sei dies eine Absprache zwischen uns Übriggebliebenen. Im Grunde ist es unnötig geworden, nach jemandes

Befinden zu fragen. Was könnte man zur Antwort bekommen, das man nicht auch selbst zur Antwort geben würde. Was uns widerfahren ist, scheint uns nicht als Einzelfall besprechbar zu sein. Die umfassende Größe dessen, was geschah, hat uns auf gewisse Weise einander angeglichen.

Die Frauen streiten nicht mehr, sagt meine Frau. Die Frauen, die noch da sind und sich nach wie vor einmal die Woche treffen, sie streiten nicht mehr miteinander. Auch ich streite mich nicht mehr, sagt meine Frau.

Zuerst schäumte das Meer noch weiß, dann färbte sich das Wasser braun, grau und schwarz. Das Wasser wurde zu einem schwankenden Teppich aus unserer verwüsteten Dingwelt. Die Dinge schaukelten bunt durcheinandergeworfen, sie trieben davon, mancherorts in wilder Eile, mancherorts unangemessen langsam, als wäre es ein Leichtes, sich der Bewegung in den Weg zu stellen. Man sah die Dingwelt davonschwimmen, Besitz wurde zu Treibgut, Trümmer haben keinen Besitzer mehr. Ein Frachter blieb liegen, dort, wo ihn das Meer hingespült hatte, mitten in eine Stadt hinein, die noch nicht wieder Stadt ist. Der Frachter wird dort bleiben, um uns Erinnerung zu sein. Blumenbeete wurden angelegt, wo zuvor Häuser standen, ganze Stadtteile sind zu ein paar wenigen Containern zusammengefasst, die am Fuß der Berge oder in den Bergen stehen. Ob wir die Ebene jemals Landschaft nennen werden, fragt meine Frau. Als es Nacht wurde nach jenem Tag, gab es kleine Feuer auf dem Wasser, brennendes Öl war das, brennende Trümmer waren das, meine Frau und ich sahen diese Feuer im Fernsehen auf dem Wasser schwimmen, so, wie wir alles im Fernsehen sahen, wir waren in Sicherheit, in der Stadt, nebeneinander.

Meine Frau und ich konnten bei Freunden wohnen, deren Haus auf einer Anhöhe steht, wir mussten keine der Notunterkünfte beziehen, als wir aus der Stadt zurückkamen. Alle unsere Ersparnisse, auch das Geld meiner Eltern, das wir geerbt hatten, ist nun ausgegeben. Das neue Haus hat keine Besonderheiten. Die Zeiten der Besonderheiten sind vorüber, sagt meine Frau. Ich hätte das neue Haus gern auf einer Anhöhe gebaut, meine Frau jedoch will bleiben, wo wir immer schon waren, es fiel ihr bereits schwer, das neue Haus ein wenig näher an den Bergen zu bauen, abgerückt von der Küste, wie es nun Gesetz ist. Wir haben das neue Haus noch nicht unser Haus genannt, ich weiß nicht, ob wir es jemals so nennen werden. Wie geht es dir heute, fragt meine Frau hin und wieder. Mir geht es wie dir, wie uns allen, antworte ich dann. In dem neuen Haus findet man kein Zimmer, das an unser fortgespültes Haus erinnern würde. Wir sehen auf ein paar wenige neue Häuser, die Straße ist eine neue Straße, man sieht immer noch zu viel der Ebene. Es gibt ein Fenster, das zeigt nach dort, wo einst das Städtchen war, in dem wir lebten. Aus diesem Fenster sehe ich nur selten. Noch immer sieht man überall zu viele unbebaute Flächen, zu viele Leerstellen, aus welchem der neuen Fenster man auch blickt. Es gab ein Fenster, von dem aus ich in den Garten der Nachbarn sehen konnte, oft spielte Aoko dort, dieses Fenster gibt es nicht mehr.

Da war ein kleiner Groll, hast du den kleinen Groll gespürt, rief Aoko manchmal, wenn es eines der schwachen Beben gegeben hatte.

Aus den Wörtern Jod, Cäsium und Plutonium werden bald die Abzählreime sein, die Kinder lernen schnell. Lieder werden erzählen von den Schmetterlingen mit den zu kleinen Flügeln und den seltsamen Augen, sagt meine Frau. Schlaf, Kindlein, schlaf, singt sie. Du bist ein gutes Kind, so schlaf. Wo ist das Kindermädchen hingegangen? Hinter die Berge in die Heimat ging sie. Was wirst du als Geschenk aus ihrer Heimat bekommen? Ein Stehaufmännchen und eine Rasseltrommel. Ein Stehaufmännchen und eine Rasseltrommel, singt meine Frau immer wieder.

Unerbittlichkeit ist lückenlos

Das Meer bestand einst einfach nur aus Wasser, seit jenem Tag ist es eine alles einschließende Fläche für mich. Wenn ich das Foto eines Tsunami-Opfers betrachte, das die nächste Zeichnung ergeben wird, so vertraue ich auf den guten Ausgang. Ich vertraue jedes Mal wieder darauf, dass mir die Nase gelingen wird, der Mund, die Wangen, das Haar, die Augen, der Blick. Ich vertraue meinem Zeichenstrich und meinem Radiergummi, ich vertraue darauf, dass mir ein Name genannt werden wird, den ich dann statt der Nummer unter das gezeichnete Gesicht schreiben kann. Immer wieder fürchte ich mich beim Zeichnen davor, eines der Gesichter könnte nach und nach zu einem Gesicht werden, das ich bereits kenne. Ich fürchte mich sehr davor, eines der Gesichter könnte nach und nach zu Aokos Gesicht werden.

Die Sonnenuntergänge sind genauso schön, wie sie es immer schon gewesen sind. Ihr sanftes Licht jedoch fällt nun wie blanker Hohn auf die Ebene, es ist besser, man sieht nicht hin, sobald sich der Himmel färbt.

Manchmal sehe ich mir das Foto des nicht gefundenen, des glücklichen und ausgelassenen Bruders an. Er sieht der jungen Frau sehr ähnlich. Ich müsste dieses unversehrte Gesicht nicht wiederherstellen, ich müsste keinen zerstörten Muskel mit meinem Bleistift wiederaufbauen, ich müsste mir keine Lippen ausdenken, keine Nase einpassen, jede Falte könnte ich eins zu eins von dem Foto übernehmen. Ich müsste vermutlich kein einziges Mal den Radiergummi benutzen. Ich würde eine Momentaufnahme, einen Schnappschuss abzeichnen, und nicht das Foto eines entstellten Unbekannten, so, wie in all den anderen Fällen. Und dann würde die Mutter auf ihren Sohn zeigen, sie würde seinen Namen sagen, und somit wäre ich Teil eines Betrugs. Ich müsste einem Gefundenen das Gesicht stehlen und ihm stattdessen das Gesicht des nicht gefundenen Bruders geben.

Zeichnest du mir etwas Schönes, fragte mich Aoko immer wieder einmal. Zeichnest du mir einen Hund, bitte, und noch einen dazu, und eine Katze und einen Baum, und noch eine Katze auf dem Baum, bitte, bitte, und Berge, die sollen sehr groß sein und hinter allem stehen.

Seit jenem Tag wurden in den Bergen viele Wälder abgeholzt, es wurde in den Bergen planiert, es entstanden bewohnbare Anhöhen. Ganze Wohngebiete wurden bereits in höhere Lagen versetzt, viele weitere sollen noch versetzt werden. Wir dürfen die Wegsteine, die Mahnmale mit ihren Gravuren nicht vergessen, sie wurden graviert für uns. So viele Blumen stecken im Sand an den Stränden der Küste.

Sie kannten den Weg der Wolken

Sobald das Gesicht eines Tsunami-Opfers ganz besonders schwierig zu erkennen ist, nehmen Sie das Foto meines Bruders zur Hand. Sie zeichnen sein Gesicht, so machen Sie ihn zu einem Gefundenen, hatte die junge Frau gesagt. Bitte, hatte sie gesagt. Immer wieder setze ich mich nach Feierabend auf die kleine Mauer und sehe zu, wie die Hinterbliebenen zu meinen Zeichnungen kommen. Das Gesicht ihres Bruders ist sehr schön, ich weiß, dass ich dies eigentlich über ihr Gesicht denke. Ich sitze auf der Mauer und weiß, dass ich nach ihr Ausschau halte. Ich warte auf sie, und gleichsam fürchte ich mich davor, sie könnte kommen. Die Vorstellung, sie würde gemeinsam mit ihrer Mutter kommen, ist mir unangenehm, es ist, als würde ich ihrer Mutter die Zeichnung ihres Sohnes bereits schulden. Auch die Vorstellung, die junge Frau würde enttäuscht zu mir hinsehen, weil sie das Gesicht ihres Bruders nicht im Aushang findet, ist mir unangenehm. Hin und wieder denke ich an den zornigen Blick der jungen Frau.

Es heißt, hinter dem Schweigen wachse Unzufriedenheit. Es gebe seit jenem Tag eine Veränderung, es gebe vielleicht wachsenden Widerspruch und wachsendes Aufbegehren, heißt es. Seit jenem Tag hat der Wind eine andere Bedeutung. Der Wind drehte, der Wind spielte Schicksal, der Wind war gnädig. Sie erstellten Vorausberechnungen und sahen den Wolken zu, sie kannten den Weg der Wolken, des Staubs, der Partikel, sie sahen den Wolken zu, genau wie wir alle es taten.

Der Fisch sieht aus, wie er immer schon aussah, die Luft atmet sich, wie sie sich immer schon atmete, die Bäume bewegen sich im Wind, wie sie es immer schon taten, das Regenwasser fließt die Berge hinab, wie es immer schon die Berge hinabfloss. Es sind noch lange nicht alle Verletzten geboren worden, heißt es. Seit jenem Tag gehen mehr und mehr junge Menschen zu den Tempeln, manche reisen weit, um zu den Göttern zu beten, um den Göttern ihre Wunschzettel zu schreiben. Mehr und mehr hört man überall die Klagen der Unzufriedenen, man hört sie ihre Geschichten erzählen, meist sind es Geschichten von Betrug und Unfähigkeit, Geschichten von Geldern, die für das Zählen der Meeresschildkröten ausgegeben wurden, für Verkostungen, für Restaurantführer, für den Walfang. Die Unzufriedenen erzählen ihre Geschichten, ihr Unmut wächst, was die Container noch kleiner werden lässt. Sie kannten den Weg der Wolken, heißt es überall, sie kannten den Weg des Staubs, der Partikel, und sie sahen den Wolken zu, sie wussten es nicht besser, sie hätten es besser wissen müssen, man rechnete nicht damit, dass sie es nicht besser wussten. Es sind noch lange nicht alle Verletzten geboren worden.

Ist eine Zeichnung fertig, gehe ich zu dem Aktenschrank, um das nächste Foto herauszunehmen. Seit das Foto des Bruders der jungen Frau bei meinen privaten Dingen in meiner Schublade liegt, ist dieser Griff nach dem nächsten Foto eines nummerierten Gefundenen eine nächste Möglichkeit, das Gesicht des Bruders zu verwenden, statt jenem, das ich eigentlich zu rekonstruieren habe. Bei jedem Griff in den Aktenschrank denke ich an den zornigen Blick der jungen Frau.

Aoko ist fünf Jahre alt geworden. Das Meer ist unerträglich groß und unerträglich kalt, sobald ich an Aoko denke, sagt meine Frau. Aoko hatte gerade schwimmen gelernt, darauf ist sie sehr stolz gewesen, sie erzählte es meiner Frau und mir. Ich zeichnete Aoko einen Delfin zur Belohnung und Aoko wollte mich nicht in Ruhe lassen, bis ich noch drei weitere Delfine gezeichnet hatte. Aoko mochte es nicht, dass der Delfin allein war auf dem Blatt, sagt meine Frau, ich darf nicht daran denken, wie allein man ist, dort unten, sagt sie.

Ein Mann fand einen jungen Delfin in einem der Reisfelder, das Tier war von der Welle fünf Kilometer ins Land hineingetragen worden. Das Meer ließ den Delfin dort im Reisfeld zurück. Man brachte ihn, in nasse Tücher gewickelt, zurück ins Meer, man brachte ihn dorthin, wo unsere Trümmer davontrieben.

Ich kann nichts dazu sagen, wie es ist, Kindergesichter zeichnen zu müssen. Wem Unerbittlichkeit widerfuhr, der kennt diese Wortlosigkeit. Es ist eine Wortlosigkeit, die sich nicht daraus ergibt, dass man schweigt, anstelle zu sprechen, oder dass es einem vorübergehend die Sprache verschlägt. Wem Unerbittlichkeit widerfuhr, der kennt eine Wortlosigkeit, die sich daraus ergibt, dass keine zutreffenden Worte existieren, es sind keine Worte da, und es sind keine Worte von Nutzen. Unerbittlichkeit ist lückenlos und klar.

Die junge Frau kam in mein Büro, sie stellte sich vor meinen Arbeitstisch, ich legte den Bleistift beiseite und schaltete den Leuchttisch aus, dann sah ich sie an. Wie lange wollen Sie mich noch auf Ihre Zeichnung hoffen lassen, fragte die junge Frau. Wie lange soll meine Mutter noch warten, sie hat keine Zeit zu verlieren, ich will sie von hier fortbringen, bevor sie stirbt, ich muss sie bald von hier fortbringen, sie wird jedoch nicht mit mir gehen, ohne vorher meinen Bruder identifiziert zu haben, sagte die junge Frau leise. Ich mochte es nicht, dass sie so leise sprach, ich fühlte mich dadurch wie ihr Verbündeter. Für Sie ist es doch nichts weiter als ein Gesicht unter all den Gesichtern, sagte sie leise, ich sah zu Boden. Was Sie verlangen, kann ich nicht tun, sagte ich. Die junge Frau kam näher. Er hatte kein sehr markantes Gesicht, keine besonderen Merkmale, niemand weiß davon, nur Sie wissen es, und ich, nur wir beide, sagte sie leise, dann ging sie. Ich schaltete den Leuchttisch wieder ein, ich nahm den Bleistift wieder auf. Was Sie von mir verlangen, ich weiß nicht, wie ich das tun soll, sagte ich leise.

Es war ein Freitag, und es war der letzte Tag vor den Schulferien. Ich stelle mir all die Schuhe vor, die ordentlich nebeneinanderstehen, für jeden kleinen Fuß in den Klassenzimmern ein Schuh vor der Tür. Du weinst nie, sagt meine Frau.

Strich um Strich leugne ich Salz und Gestein

Ich träumte von dem kleinen Mädchen Aoko. Sie schwamm wendig wie ein Delfin durch das dunkelgrüne Wasser. Ihr Haar wehte schwarz in der Strömung. Aoko, die Tochter unserer Nachbarn, die nun nicht mehr unsere Nachbarn sind, sah mich an, und sie bat mich, drei kleine Mädchen für sie zu zeichnen, drei weitere kleine Mädchen, die ebenso gut schwimmen konnten, wie Aoko schwamm. Bitte, sagte Aoko, bitte, lachte sie in meinem Traum.

Sie haben die vielen Autowracks eng aneinandergestellt und aufeinandergestapelt, als sei es ein Spiel, Autos ordentlich zu platzieren. Es sind sehr viele Autos, man zählt sie besser nicht. Bezifferung sollten wir vermeiden, man kann das Ganze nicht erfassen, das Einzelne jedoch ist noch unfassbarer. Oft war das Militär bei den Beisetzungen anwesend, es erwies den Toten die letzte Ehre, die Soldaten salutierten. Meine Frau sagt, das passe nicht zu den Ereignissen, es passe nicht zu dem, was den Toten widerfahren sei, sie sagt, auch die Ordnung auf den Schutthalden passe nicht zu dem, was uns widerfahren sei, das gesamte Leben seither passt nicht zu dem, was uns geschehen ist, sagt meine Frau. Man darf die Urnen nicht zählen, die in den Häusern stehen, noch die Häuser, die fehlen seit jenem Tag, noch die Fotos der Tsunami-Opfer in meinem Aktenschrank. Ein paar Meter nur sind wir abgerückt von der Küste hin zu den Bergen, und dennoch ist es die größte Veränderung, die größte erzwungene Entfernung von zu Hause, die wir je erleben mussten.

Man verhaftete junge Menschen wegen zu langsamen, gemeinsamen Gehens. Sie riefen laut und voll Hoffnung ihre Parolen. Wir brauchen jetzt sehr viel Zorn, sagt meine Frau, wir brauchen jetzt sehr viele zornige Eltern, zornige Fischer, zornige Bauern, zornige junge Menschen vor allem, sagt sie.

Strich um Strich verheimliche ich, was unserem Körper zustoßen kann. Strich um Strich leugne ich die Wirkung des Meerwassers, die Wirkung der Strömung. Ich zeichne, als gäbe es keine zersetzende Zeit, keine Fische, keine Korallenriffe, keine unabwendbare Zerstörung und Auflösung. Strich um Strich leugne ich Salz und Gestein, ich zeichne, als könnte man alles wiederherstellen, wie es einmal war, ich zeichne, als könnte es einen guten Ausgang nehmen. Darauf habe ich mich mit mir geeinigt, das habe ich beschlossen, als ich mit der ersten Zeichnung begann. Mit jedem Strich versuche ich diesem Beschluss gerecht zu werden, ich denke nicht daran, wie lange es dauern wird, ich werde langen Atem beweisen, bis auch die letzte Zeichnung gelungen ist.

Die junge Frau würde ihren Bruder erkennen, auch ihre Mutter würde auf die Zeichnung zeigen, ihre Mutter würde seinen Namen sagen, dann würde ich die junge Frau niemals wiedersehen. Ich könnte nicht mehr, wie es jetzt ist, damit rechnen, dass sie jeden Moment in meinem Büro steht und mich mit diesem zornigen Blick ansieht. Wenn ich mir das Foto ihres Bruders genau betrachte, so ist es wohl ein Zug um den Mund und die Form der Lippen, die sie gemeinsam haben. Auch die Stirn und der Ansatz des Haars gleichen einander. Ich lege meine Hand so auf das Foto, dass ich die Stirn ihres Bruders nicht mehr sehen kann, ich verdecke mit der anderen Hand auch seinen Mund, nun erst kann ich ihm in die Augen sehen, ohne auch die junge Frau in seinem Gesicht zu erkennen.

Ich wusste, dass Sie sich das Foto ansehen, sagt die junge Frau, sie steht hinter mir, auch sie sieht das Foto an. Sie können sich nicht vorstellen, wie sehr ich ihn hasse, sagt sie, sie steht nun nah bei mir. Sein ganzes Leben lang war er meiner Mutter eine unerträgliche Last, er hat sie belogen, er war ein Betrüger, ein Trinker, er hat sie ruiniert mit seinen falschen Versprechungen, mit seinen Glücksspielen. Auch jetzt noch, nach seinem Tod, ist er es, an dem meine Mutter zugrunde geht. Helfen Sie ihr, sagt die junge Frau, sie steht nah bei mir, helfen Sie mir, mein Hass wird sich nicht legen, solange meine Mutter nicht zur Ruhe gekommen ist. Sie haben das Foto angenommen, Sie verwahren es in Ihrer Schublade mit Ihren persönlichen Dingen, das Foto ist doch längst zur Vorlage einer Zeichnung geworden, oder nicht, fragt die junge Frau. Sie müssen doch nur Ihren Bleistift nehmen und beginnen, flüstert sie, den Kopf ganz nah an meinem, dann geht sie. Ich konnte ihre Haut riechen, ihr Haar, sie weiß das.

Deshalb erzählen wir nicht

Das Angebot an frischem Fisch ist dürftig. Neulich hat meine Frau teuren Lachs gekauft. Sie sah auf ihren Teller, der kommt von dort unten, sagte sie, und wir aßen still, ich wagte es nicht, meiner Frau zu sagen, wie gut der Lachs mir schmeckte, sie hatte für die Sauce auch Kresse und Rettich genommen, so mochte ich den Lachs immer schon. Ich wagte es nicht, meiner Frau zu sagen, wie sehr mir der Lachs schmeckte, weil diese Bemerkung unmittelbar verknüpft gewesen wäre mit all den anderen Lachs-Essen, mit all jenen Momenten an einem Tisch der Vergangenheit, in einer Küche der Vergangenheit, in unserem Haus, das nicht mehr existiert.

Eingestürzte Häuser sind ein seltsamer Anblick. Nur weil man weiß, dass es einmal Häuser gewesen sind, kann man Einzelteilen eine Funktion zuordnen. Sah man die Menschen in den Trümmern gehen und stehen und suchen, so wurde die umfassende und unfassbare Beliebigkeit deutlich. Die Menschen gingen in den Trümmern umher und sie erhofften sich, etwas Bekanntes zu finden, etwas, das sie sich klar zuordnen konnten, sie suchten die Orte ab, an denen ihre Häuser gestanden hatten, die Trümmerebene jedoch war eine Fläche durcheinandergeratener Überreste, die Erinnerungen ganzer Ortschaften waren unsortierbar durcheinandergeworfen, der Boden war bedeckt von nicht mehr zuordenbaren Resten, von all dem, was einmal das Leben gewesen ist. Es heißt, einhundertzwanzigtausend Gebäude stürzten vollkommen sowie zweihundertsiebzigtausend Gebäude stürzten teilweise ein. Die nur teilweise zerstörten Häuser zeigen die Verletzung deutlicher, denn sie zeigen auch die Möglichkeit des Verschontwerdens, sie zeigen auch die Möglichkeit des Entkommens auf.

Ein Priester hat für eine neue Glocke sehr viel Geld gesammelt, diese neue Glocke ist nun provisorisch angebracht, neben dem Container, der den Tempel ersetzt. Der Priester sagt, der Ton der neuen Glocke werde sehr weit über das Land hinweggetragen, und solange es noch keine Gebäude gebe, werde das auch so bleiben. Es wird noch lange so bleiben. Über die Ebene hinweg reicht der Ton der Glocke weiter als je zuvor, wir werden die Ebene wohl nie Landschaft nennen.

Ich versuchte, in das Gesicht eines jungen Mannes den richtigen Mund zu zeichnen, es gelang mir nicht. Sobald ich den Mund gezeichnet hatte, störte mich etwas an ihm. Vielleicht kenne ich diesen Mann vom Sehen, ohne es wirklich zu wissen. Vielleicht ist in mir eine Art heimlicher Erinnerung an sein Gesicht, die mir beim Zeichnen vorgibt, wie der Mund dieses jungen Mannes ganz bestimmt nicht aussah. Sobald ich einen Vorschlag gezeichnet hatte, lehnte diese heimliche Erinnerung ohne jede Begründung meine Darstellung des Mundes ab. Den richtigen Strich einzig über das Abwählen des falschen zu finden, ist eine mühevolle Arbeit. Ich zeichnete den Mund, während ich mir vorstellte, der Mann sei einmal mit mir im selben Zug gefahren oder er habe in einer Schlange vor mir angestanden oder er sei irgendwann einmal aus einem Haus getreten, an dem ich in diesem Moment vorüberging, oder er habe eine Suppe gegessen, mit diesem Mund eine Suppe gegessen, mir zugewandt an einem der anderen Tische. Als ich endlich einen Mund gezeichnet hatte, der mir passend schien, bemerkte ich, es war der Mund ihres Bruders, den ich in das Gesicht des jungen Mannes gezeichnet hatte. Ich beließ es dabei. Niemand wird es bemerken, nicht einmal sie wird es bemerken, obwohl es in gewisser Weise auch ihr Mund ist. Ich bin verwirrt darüber, dass sich der Mund ihres Bruders, dass sich ihr Mund in das Gesicht des Mannes geschlichen hat.

Seit jenem Tag gibt es unsere Hochzeitsfotos nicht mehr. Auf einem der verschwundenen Fotos steht meine Frau mit dem Rücken zur Kamera, ich halte sie am Arm und sehe zum Fotografen. Meine Frau wollte sich nicht umdrehen, sie konnte nicht aufhören zu lachen, sobald sie in die Kamera sah.

Ich zeichne Aokos Gesicht. Aus dem Gedächtnis heraus zeichne ich ihr Gesicht, und ich höre ihrer Stimme zu, sie erzählt mir von den Delfinen, sie erzählt mir davon, wie glatt die Haut der Delfine ist, dort unter Wasser. So glatt, dass man sich nicht an den Delfinen festhalten kann, sie gleiten mir durch die Hände, das ist ein Spaß, ruft Aoko, während ich ihr Gesicht zeichne, und die Erinnerung an Aokos Gesicht kommt nicht nur über meine Augen, sie kommt auch über meine Ohren, die Aokos Stimme vermissen, sie kommt auch über meine Hand, die Aokos Hand hielt, so oft beim Spazierengehen.

Meine Frau und ich sind seit jenem Tag nicht mehr gemeinsam spazieren gegangen. Wir haben in unserer Umgebung keine Lieblingsorte mehr. Auch jene Lieblingsorte von damals, die verschont geblieben sind, sind keine Lieblingsorte mehr. Örtlichkeit ist in ihrer Bedeutung verschoben worden, von diesen Erdplatten, von dieser Welle ist die Bedeutung von Örtlichkeit verschoben worden. Was würde das für ein Spazierengehen sein, sagt meine Frau, immer würde man versuchen, das zu sehen, was einmal da war, man könnte nur mehr das Fehlen sehen, sagt sie.

Die Frauen erzählen nicht mehr, sagt meine Frau, die Frauen, die sich nach wie vor treffen, erzählen nicht mehr von früher. Das Wort seither meint auch das Wort früher, es meint alles das, was es seit jenem Tag nicht mehr gibt. Davon will man nicht erzählen, es ist besser, es fällt einem nichts darüber ein, es ist besser, man erinnert sich nicht gegenseitig daran, was einmal war, was immer noch sein könnte. Weil alles immer noch sein könnte, deshalb erzählen wir nicht, sagt meine Frau. Wir zeigen uns Bastelarbeiten oder wir sprechen über Sendungen im Fernsehen, manchmal sagt eine von uns etwas Unbedachtes, dann ist es einen Moment still. Keine von uns käme je auf den Gedanken, das Unbedachte fortzuführen und somit das Schweigen zu brechen. Irgendwann ergreift eine von uns das Wort und erzählt von einer Fernsehsendung oder gießt Tee ein und spricht über den Tee oder über die Preise oder über die Blumen und alle anderen sind ihr dankbar dafür. Wir alle hören natürlich auch die Geschichten dahinter, wir alle erzählen uns selbst still die Geschichten dahinter mit, jede für sich in ihrem Kopf, sagt meine Frau.

Eines Abends vor dem Einschlafen erzählte mir meine Frau, sie zögere jedes Mal, bevor sie die Haustür öffne, um auf die Straße zu treten, eine kurze Sekunde, eine kurze Sekunde lang halte sie es für möglich, dass alles wieder beim Alten wäre. Und dann öffne sie die Tür und sehe die Straße hinunter, mit der Hoffnung eines Kindes, sagte meine Frau.

Verglichen mit der Größe dessen, was uns an jenem Tag geschehen ist, scheinen die kleinen Leiden des Einzelnen nicht mehr der Rede wert. Es gibt Ärzte, die von Verwahrlosung und von Vernachlässigung sprechen, viele von uns gehen wegen eines Hustens oder wegen Fiebers oder wegen einer Wunde nicht mehr zum Arzt, weil uns jede Relation verloren gegangen ist. Und das Meer kräuselt ordentlich seine Wellen, während es unter der Oberfläche unser Schicksal birgt, das Meer ist dunkelblau und grün und schön. Mein Hass ist am stärksten, wenn das Meer dunkelblau ist und grün und schön.

Seit ich die Gesichter zeichne, kann ich mir das freie Zeichnen nicht mehr vorstellen. Das Zeichnen freier Formen, das Zeichnen intuitiver Striche, Kreise und Bögen, das freie Zeichnen, bei dem es keine Fehler gibt, ist mir nicht mehr vorstellbar. Die Hand kann nur zeichnen, was ihr das Auge diktiert. Mein Auge kann keine freie Form mehr diktieren.

Das Wort Nordosten gibt es nun nicht mehr ohne Trümmer

Es klopft, ruft das Kind in der Mitte. Wer klopft, rufen die im Kreis stehenden Kinder zurück. Es ist der Wind, ruft das Kind in der Mitte, es ist die Sonne, ruft es, es ist der Baum, es ist der Frosch. Es ist das Meer, ruft das Kind in der Mitte seit jenem Tag nicht mehr. Es ist der Geist, ruft es irgendwann und springt auf, die anderen Kinder rennen um ihr Leben, diesmal im Spiel. Wenn ich den Kindern zusehe, dann weiß ich nicht, ob das Leben unvorstellbarerweise weitergeht wie bisher, oder ob es unvorstellbarerweise neu begonnen hat. Es scheint, die Kinder spielen derart ausgelassen, um sich daran zu erinnern, dass sie immer noch Kinder sind, trotz allem immer noch Kinder. Es klopft, ruft das Kind in der Mitte. Wer klopft, rufen die im Kreis stehenden Kinder zurück, sprungbereit. Kinder lernen schnell, sagt meine Frau.

Aoko bat mich eines Tages, sie in einer Schuluniform zu zeichnen. Ich zeichnete sie also in einem Matrosenkleidchen. Aoko sah die Zeichnung immer wieder an, ja, so werde ich einmal aussehen, jubelte sie, genau so werde ich einmal aussehen, wenn ich endlich ein Schulmädchen bin.

Meine Frau hält sich manchmal ihre Hand vor den Mund, als würde sie lachen. Vielleicht tut sie das, damit ich denke, sie lache hinter ihrer Hand. Oder ihre vor den Mund gehaltene Hand ist ihre Erinnerung an das Lachen. Oder meine Frau versucht zu lachen, indem sie sich ihre Hand vor den Mund hält. Oder es entgeht mir ihr Lachen hinter ihrer vorgehaltenen Hand, weil ich es mir nicht mehr vorstellen kann, weil ich es seit jenem Tag für unmöglich halte, dass meine Frau hinter ihrer Hand lacht.

Das Wort Nordosten meint nicht mehr nur eine Himmelsrichtung. Es bezeichnet seit jenem Tag den fortgespülten Teil unseres Landes. Spricht man irgendwo in unserem Land vom Nordosten, so ist das Thema nun von den Ereignissen vorgegeben. Das Wort Nordosten gibt es seit jenem Tag nicht mehr ohne Trümmer. Das Meer ist an keiner Stelle unseres Landes weiter als einhundertfünfzig Kilometer entfernt. Bei allem, was uns geschehen ist, scheint das Wort Festland nicht mehr anwendbar. Auch die Wörter Haus oder Meer oder Boden haben ihre Bedeutung verändert. Wir sind an den bebenden Boden gewöhnt, an die flüssigen Berge, an das wütende Meer, seit jenem Tag jedoch ist das Gewohnte überschrieben. Vierzehn Uhr und sechsundvierzig Minuten ist nun nicht mehr einfach nur eine Uhrzeit, die jeden Tag wiederkehrt. Das Wort Freitag, das Wort Nordosten, das Wort Meer klingt nun anders nach.

Ich sah ein Foto in der Zeitung, die Welle hatte ein Schiff auf ein Hausdach gespült. Ich wurde wütend, als ich dieses Foto sah, als habe sich das Meer über uns lustig gemacht, ein durch und durch böser Scherz, dieses Schiff auf dem Dach des Hauses, sagte ich. Meine Frau nahm mir die Zeitung aus der Hand, was musst du denn auch dauernd so etwas lesen, sagte sie. Dann aßen wir still. Es ist, als hätten wir in Gemeinsamkeit nichts mehr zu sagen. Wir sehen einander zu, jeder von uns sagt das Gleiche nicht, jeder von uns weiß also, was vom anderen nicht gesagt wird.

Ich zeichne das Gesicht einer Frau. Sie muss bereits älter gewesen sein. Ihre Frisur kann ich auf dem Foto noch gut erkennen, ihr Haar ist von grauen Strähnen durchzogen. Ich stelle mir einen lebendigen, frechen Blick vor, ich stelle mir vor, dass sie sich um die Kinder ihrer Kinder kümmerte, dass sie viele Lieder und Spiele kannte, dass sie vielleicht Lieder und Spiele erfand. Ich zeichne Lachfalten in ihr Gesicht. Ich stelle mir vor, dass sie einen sehr schönen Garten hatte, vielleicht holte die Welle sie mitsamt ihrem Garten ins Meer, mitsamt den Steinen und Ästen, mitsamt den Wegen, dem Wasserspiel. Ich stelle mir vor, die Welle holte das Wasserspiel ins Meer. Es ist besser, man stellt sich nichts vor, während man zeichnet. Es ist besser, man hält sich an genau das, was man auf dem Foto sieht, an die physiognomischen Eigenheiten und deren logische Weiterführung. Manchmal jedoch kann man sich beim Zeichnen der Geschichten nicht erwehren. Und so zeichne ich wider besseres Wissen viele Lachfalten in das Gesicht der Frau mit dem von Grau durchzogenen Haar, in das Gesicht der Frau, die also Lieder erfand und Spiele für die Kinder ihrer Kinder.

Der menschliche Schädel ist symmetrisch aufgebaut. Die Augen liegen immer genau in der Mitte des Schädels. Wir alle tragen die mittlere Horizontale über unseren Augen. Drittelt man den menschlichen Schädel, so reicht das untere Drittel vom Kinn bis zur Nasenspitze, das mittlere Drittel reicht von der Nasenspitze bis zu den Augenbrauen, das obere Drittel reicht von den Augenbrauen bis zum Haaransatz. Unsere Augen sind immer unsere Augenbreite voneinander entfernt, unsere Ohren haben die gleiche Länge wie unsere Nase. Alles andere jedoch ist unberechenbar, obschon es beim Zeichnen eines Gesichts eine heimliche Logik des Nicht-Zustimmens zu geben scheint, eine heimliche Logik, die mir vorgibt, in welchem Schwung die Augenbrauen oder wie dick die Lippen nicht gewesen sein können, in welcher Fülle das Haar oder wie rund das Kinn nicht gewesen sein kann. Die Wimpern ihres Bruders sind auf dem Foto auffallend lang, das hätte ich nicht gewusst, ich hätte es nicht wissen können. Es sei denn, man hätte ihn sehr schnell und also gut erhalten gefunden. Dafür ist es allerdings längst zu spät. Alle, die jetzt noch gefunden werden, sind bereits zu lange fort gewesen. Den richtigen Strich einzig über das Abwählen des falschen zu finden, ist eine mühevolle Arbeit. Auch die Wimpern der jungen Frau sind auffallend lang.

Ein älterer Herr kam, um sich bei mir zu bedanken. Er sagte, meine Zeichnung habe ihm Gewissheit gegeben, und diese Gewissheit sei kaum zu ertragen, doch gleichsam erleichternd. Er sagte, vergebliches Hoffen sei noch weniger zu ertragen als Gewissheit, deshalb wolle er sich bei mir bedanken. Die Zeichnung sei mir sehr gut gelungen, so hübsch sei seine Frau gar nicht gewesen, sagte der ältere Herr. Er lächelte, als er das sagte, und er sagte auch, seine Frau wäre sicher froh über diese Zeichnung gewesen, als Kind sei sie gestürzt und habe seit diesem Unfall eine Narbe über dem rechten Auge gehabt, immer wieder habe sie diesen Makel mit großer Abscheu betrachtet, auch als ältere Frau noch, nie habe sie diesen Makel vergessen können, deshalb würde sie sicher glücklich sein, könnte sie meine Zeichnung sehen, ihr Gesicht ganz unversehrt, ohne diese Narbe. Der ältere Herr wollte die Zeichnung behalten, ich gab sie ihm.

Eine Frau sagte, ja, das ist meine Tochter. Die Zeichnung ist gut, aber die Augenbrauen stimmen nicht, die Augenbrauen waren schmaler, feiner, bitte, ändern Sie das, sagte die Frau. Ich suchte die Originalzeichnung ihrer Tochter aus dem Ordner heraus und radierte die Augenbrauen, ich zog sie etwas feiner und weniger geschwungen nach, ganz so, wie die Frau es wollte, dann schrieb ich den Namen ihrer Tochter unter die Zeichnung. Jetzt stimmt alles, jetzt ist es ihr Gesicht, wäre es doch nicht ihr Gesicht, sagte die Frau, und sie verbeugte sich, und sie ging aus dem Zimmer.

Ein Junge hat das Gesicht seines Vaters erkannt, er sagte nichts weiter als den Namen und das Alter und den Beruf seines Vaters, er sprach langsam und deutlich, mehr sagte der Junge nicht. Seine Tante war bei ihm, auch sie sagte nichts.

Meine Frau kam erst nach vielen Stunden wieder nach Hause, ich hatte mir Sorgen gemacht, es sah ihr nicht ähnlich, so lange fortzubleiben, ohne es anzukündigen oder zu begründen. Der Pazifik ist herzzerreißend schön, ich schäme mich, ihn schön zu finden, und auch diese Scham ist es, die das Herz zerreißt, sagte sie später.

Das Wort Pazifik kommt aus dem Lateinischen, pacificus, das heißt friedlich. Meiner Frau werde ich das nicht sagen, sie könnte denken, ich mache mich lustig über sie. Ich befürchte, wir wissen nicht mehr, wie das Wort friedlich im Zusammenhang mit dem Meer gebraucht werden könnte. Den Container-Kindern wird das friedliche Meer nicht zu erklären sein. Auch, wenn alles rundherum eines Tages aufgeräumt und wieder aufgebaut sein sollte, auch dann wird den Kindern, die die Welle an jenem Tag überlebten, das friedliche Meer nicht zu erklären sein. Vor allem Holz und Metall mussten entsorgt werden, es ist erstaunlich, mit wie viel Holz und mit wie viel Metall wir lebten.

Es klopft, ruft das Kind in der Mitte, wer klopft, rufen die im Kreis stehenden Kinder zurück, sprungbereit. Es war der letzte Tag vor den Schulferien. Ich stelle mir all die Schuhe vor, für jeden kleinen Fuß ein Schuh vor der Tür des Klassenzimmers. Ich stelle mir die Zeugnisse vor, die nicht abgeholt werden konnten, ich stelle mir den Lehrer vor, der mit seinen Schülern nicht in die Berge floh, der niemals mehr zur Ruhe kommen wird, ich denke an die Mütter, die rund um den Spielplatz Wasserflaschen aufstellen, als spielten sie Beschützen.

Meine Schritte sind vier Stunden lang

Ich denke oft an das große Aquarium. Ich stand in einem Tunnel aus Glas zwischen Fischen. Um mich herum war die Strömung, und das Licht brach sich, und die Bewegungen der Fische erschienen mir logisch, sie passten zu den Bewegungen der Lichtreflektionen, und alles geschah in diesem gemächlichen Unterwassertempo, Pflanzen bewegten ihre Blätter wie die Fische ihre Flossen, ohne Eile, und alles gehörte zu allem. Ich sah einen Hai über mich hinwegschwimmen, seine kraftvollen Bewegungen brachen das Licht zu immer wieder neuen Bildern. Ich stand lange in dem Unterwassertunnel aus Glas, ich war dort jedoch nicht Teil des Ganzen, mein Körper gehörte nicht zur Bewegung des Wassers, zur Wassertemperatur, ich war nicht Teil des Lichtspiels, nicht Teil der Strömung, noch der Ruhe, dennoch befand ich mich inmitten des Geschehens. Wir, die wir nicht von der Welle geholt wurden, wir stehen auf immer in unseren Tunneln aus Glas. Wir bleiben die Zuschauer, die Besucher, wann immer wir uns dem Meer nähern. Wann immer wir mit den

Füßen im Wasser stehen und den Sog beobachten, wir sehen lediglich von außen über die Wasseroberfläche, wir sind die, die außen vor bleiben, in ihren Tunneln aus Glas, außen vor und dennoch Teil des Ganzen.

Meine Frau kann nicht schwimmen. Sie weigerte sich stets, es zu lernen. Ich habe davon geträumt, wie die junge Frau schwimmt. Es war mir nicht recht, sie im Badeanzug zu sehen, sie mit nassem Haar und nasser Haut zu sehen, mit Wassertropfen an ihren langen Wimpern, als sie auftauchte. Bereits während ich träumte, war es mir nicht recht, sie so zu sehen. Ich schämte mich bereits, während ich träumte, ich stand in meinem gläsernen Tunnel, ich sah sie über mich hinwegschwimmen, ich war ein Zuschauer voller Scham, und als ich erwachte, hatte ich ein Geheimnis, das ich nicht haben wollte.

Die Fischer sind auf Fang gegangen, Oktopoden und Seeaale bieten sie an. Wir waren in der neuen Markthalle und wollten Oktopus kaufen. Als wir von Stand zu Stand gingen, haben wir viele neue Gesichter gesehen. Ich sagte meiner Frau, dass der Oktopus ein Kopffüßer sei. Sie sagte, ich sei auch ein Kopffüßer geworden, einer, der nur mehr mit dem Kopf ans Zeichnen geht, keine erfundenen Landschaften zeichnest du mehr, das ist schade, sagte sie, es klang liebevoll. Als wir den Fisch dann aßen, sprachen wir nicht darüber, dass man nicht sehen und nicht riechen kann, wie schädlich der Fisch für uns ist. Es war der teuerste Fisch, den wir je gekauft hatten, wir sprachen nicht über die Gefahr, die nun überall lauert, Vertrauen ist zu einer unumgänglichen Leistung geworden, wir haben keine andere Wahl, als sie zu erbringen.

Meine Frau weiß nichts von den unterstellten Lachfalten, sie weiß nichts von dem Geräusch der Bleistiftspitze auf dem Papier, das ich auch nach Feierabend im Kopf habe, noch weiß sie von dem Licht des Leuchttisches, das sich auf immer unter meine Haut gebrannt hat. Meine Frau weiß nichts von den drei Mädchen, die ich im Traum für Aoko zeichne, immer wieder, immer diese drei Mädchen. Niemals mehr werde ich mich von dieser Küste entfernen, egal, wie weit weg ich von ihr sein werde. Niemals wieder werde ich erzählen können, ohne auch den mit Fotografien gefüllten Aktenschrank zu meinen. Auch von dem Foto des Bruders weiß meine Frau nichts, sie stellt keine Fragen mehr. Was ich tagsüber mache, wirft in seiner Klarheit keine Fragen auf. Ungefähr vier Stunden brauche ich für eine Zeichnung. Ich könnte ausrechnen, wie viele Stunden ich noch mit dem Zeichnen zubringen werde, bis ich alle Fotos in Zeichnungen verwandelt habe. Ich rechne die Stunden nicht aus, ich zähle auch die Stunden, die ich bereits mit den Gesichtern verbracht habe, nicht. Ich denke in Vierstundenzeiträumen, vier Stunden dauert es, möglicherweise einen Namen zu erzeichnen, um möglicherweise eine unerträgliche Situation ein wenig wenigstens zum Besseren zu wenden, um innerhalb einer nicht wiedergutzumachenden, lückenlosen Unerbittlichkeit durch meine Zeichnungen möglicherweise eine Urne zu füllen, die das Trauern erleichtert, und also die Seelen beruhigt. Wenn ich den vollen Aktenschrank ansehe und müde bin, dann denke ich daran, dass man im Moment des Gehens nicht den gesamten Weg geht, sondern lediglich den nächsten Schritt. Meine Schritte sind vier Stunden lang.

Als man mir das Zeichnen beibrachte, wurde mir gesagt, die besten Zeichnungen entstünden dann, wenn man sich ein Motiv wählt, mit dem man in irgendeiner Weise verbunden ist, mit dem man zu tun hat, ein Motiv von spezieller Bedeutung für jenen, der es zeichnet. Oder man zeichnet den Himmel. Ich weiß, je höher man sieht, desto dunkler wird der Himmel. Ich weiß, am Horizont ist der Himmel heller, ich weiß, mit den Wolken kann man den unsichtbaren Wind beschreiben, man kann die Blickrichtung des Betrachters lenken. Ich weiß, Wolken sind dreidimensional, ohne jedoch Kanten zu haben. Wolken haben keine geraden Linien. Ich habe früher oft Landschaften gezeichnet, besonders gut gelangen mir stets die Wolken. Seit einiger Zeit habe ich das Bedürfnis, Wolken zu zeichnen, keine klar definierenden, festlegenden Linien fremder Gesichter, sondern Wolken ohne jede Konsequenz, vorgabenlose Wolken, die aus nichts weiter bestehen als aus meiner Lust daran, sie zu erfinden. Ich erinnere mich, wie ich zum ersten Mal versuchte, Wasser zu zeichnen. Ich weiß, alle Stellen der Zeichnung, die später einmal mit Wasser bedeckt sein sollen, muss man gleichmäßig schraffieren und die Struktur des Bleistifts dann verwischen, damit die Wasseroberfläche noch glatter, noch geschlossener wirkt. Ich stelle mir die Nordostküste vor, ich schraffiere in Gedanken zehn Kilometer ins Land hinein und hunderte Kilometer am Ufer entlang, dann verwische ich in Gedanken die Struktur des Bleistifts. Ich war nie gut im Wasserzeichnen, mir gelangen die Wolken.

Wir haben zu unserer Hochzeit sehr viele, sehr teure Fotos machen lassen. Meine Frau ist auf diesen Fotos fünfundzwanzig Jahre alt. Die Hochzeitskleider meiner Frau hatten wir in der Stadt geliehen, es wird die

Hochzeitskleider wohl auch heute noch geben. Die Fotos hingegen gibt es nicht mehr. Die Fotos wurden auf besonders haltbarem Fotopapier entwickelt, man sagte uns, sie seien zwar teuer, aber mehrere hundert Jahre haltbar. Meine Frau spricht manchmal von unserer Hochzeit, sie erzählt mir die Fotografien nach. Wie gut, dass ich mir die Bilder so genau eingeprägt habe, sagt meine Frau, so kann ich dafür sorgen, dass auch du sie nicht vergisst. Lass uns neue Fotos machen, sagte ich eines Abends zu meiner Frau, wir leihen uns noch einmal dieses weiße Brautkleid aus, und du wirst wieder wie ein Quallchen aussehen. Meine Frau lachte, sie schüttelte den Kopf, wir sind zu alt geworden für Hochzeitsfotos, sagte sie dann.

Viele Bäume werden gefällt, Häuser werden gewaschen, Erdreich wird abgetragen. Überall bleiben Plastiksäcke mit der verdorbenen Erde zurück, man weiß nicht, wohin damit, heißt es. Andernorts vergräbt man die Erde unter Erde und hofft, es würde funktionieren das Oberste nach unten zu kehren. In vielen Gewächshäusern wächst nun Gras statt, wie einst, Blumen in geregelten Bahnen. Schnee und Regen haben ihre Bedeutung verändert. Wenn es windig ist, hält man besser den Atem an, sagt eine Frau im Radio, sie lacht über ihre Worte, aber wie denn leben, ohne zu atmen, lacht sie. Es gebe ein Heim, sagt meine Frau, ein Heim mit fünfundsiebzig sehr alten Menschen darin, die nicht evakuiert worden seien. Die Wenigsten von ihnen wüssten, was draußen geschehen ist, sie würden das Heim niemals freiwillig verlassen, auch vor jenem Tag schon hätten die alten Menschen das Heim nicht mehr verlassen, sie wüssten nicht, weshalb sie diese neuen Messgeräte in ihren Zimmern hätten, aber sie hätten auch vor jenem Tag die Welt schon nicht mehr verstanden. Die alten Menschen seien nicht in Gefahr, für sie wirkten die Strahlen nicht schnell genug, sagt meine Frau. Das Personal habe strenge Anweisungen, sie arbeiteten in kurzen Schichten.

Wer da saß, wer da spielte, wer da lachte oder schwieg, wer da noch jung war oder bereits alt, schrieb ich auf einen Zettel, und ich steckte ihn zu den Radiergummiresten in die Teedose. Die Teedose füllt sich langsam, wie eine Urne steht sie in meinem Büro. Manchmal, nach Feierabend, wenn es bereits dunkel geworden ist und ich zu Fuß nach Hause gehe, wenn ich das Gefühl habe, ich werde es niemals schaffen, all die Zeichnungen anzufertigen, dann denke ich daran, dass unser Schicksal die Länge eines Tages überall auf dieser Welt um fast zwei Mikrosekunden verkürzt hat, und dass ich mich also noch mehr beeilen muss, um bis zum Ende des Jahres alle Gesichter gezeichnet zu haben. Es ist ein großes Vorhaben, es ist das Einzige, was mir zu tun bleibt. Zwei Gesichter pro Arbeitstag, nach vier Stunden eine Pause, dies ist das Einzige, was mir zu tun bleibt, ein Leben im Vierstundentakt.

Du hast gelächelt, als du mich in dem weißen Brautkleid gesehen hast, ich wusste, mein Brautkleid, der Schnitt, der teilweise durchsichtige weiße Stoff, die Bewegung des Stoffs beim Gehen würden dich an diese Quallen erinnern, die du mir damals in dem riesigen Aquarium gezeigt hast, erzählt meine Frau. Es gibt ein Hochzeitsfoto, auf dem lache ich, weil du mich zum ersten Mal Quallchen nanntest. Das ist eines meiner Lieblingsfotos von uns beiden. Auch, weil ich bereits vorher wusste, wie du mich sehen würdest, weil genau dieser Moment bewiesen hat, dass ich dich bereits zu unserer Hochzeit so gut kannte. Wie du dich zu mir hingebeugt hast, zu meinem Ohr hingebeugt, und dann mein ausgelassenes Lachen dazu, das mir keine Zeit ließ, rechtzeitig die Hand vor den Mund zu halten, das ist schön. Als ich damals das weiße Hochzeitskleid anprobierte, dachte ich sofort an die Quallen. Als Qualle also bin ich zu sehen auf all den Fotos, die nun im Pazifik treiben, sagt meine Frau, ich weiß nicht, was ich ihr entgegnen soll, Quallchen, sage ich leise.

Es heißt, die öffentlichen Messgeräte stünden dort, wo das Militär gründlich gereinigt habe. Meine Frau sagt, man solle nicht auch noch an das denken, was man nicht sehen kann, bei allem, was man gezwungen ist zu sehen. Man sieht Affenherden auf den verwaisten Reisfeldern, man sieht sehr viele Wildschweine, die nicht mehr gejagt werden und sich also ungehindert vermehren, man sieht viele Menschen immer wieder in die Zone zurückgehen, zu ihren Häusern. Die meisten sagen, sie müssten ihre Katzen füttern, jeder weiß jedoch, dass es in ihren Häusern keine Katzen gibt. Einige von ihnen hatten mit Blick auf das Meer gelebt, jetzt leben sie in den Containern. Man sieht selbstgebastelte Mobiles von den Container-Decken herabhängen, man sieht vor den Containern Blumentöpfe, wie zum Beweis dafür, dass man sich bemüht, dass man das Wohlfühlen noch nicht ganz aufgegeben hat. Und bei jedem noch so schwachen Erdbeben kehrt die Furcht zurück, und man zählt die Sekunden, hast du den kleinen Groll gespürt, höre ich Aoko fragen. Man sieht die Wasserflaschen rund um die Spielplätze platziert, man sieht in müde Gesichter.

Herr Tanaka steht heut nicht mehr auf, ruft draußen eines der Kinder, es ist jenes mit dem Gesicht zur Wand. Die anderen Kinder unterdessen laufen. Und jeder von uns meint dasselbe mit dem Wort seither, jeder von uns weiß, alles Weitere hängt immer von der Gunst des Momentes ab, von der Gunst eines jeden einzelnen Momentes, in dem sich nichts zu sehr verschiebt. Seit jenem Tag gibt es Eltern, die hoffen müssen, dass ihre Kinder beim Toben nicht zu viel Staub aufwirbeln, diese Eltern sehen ihren Kindern beim Toben zu und hoffen.

Dieses Trotzallem

An jenem Tag schloss ich hinter uns die Tür unseres Hauses, ich drehte den Schlüssel zweimal im Schloss, dann fuhren wir in die Stadt. Ich habe den Schlüssel unseres verschwundenen Hauses immer noch, uns ist geblieben, was wir bei uns hatten, was wir brauchten, um eine Nacht und zwei Tage in der Stadt zu verbringen. Wir mussten jedoch eine Woche in der Stadt bleiben, ohne zu wissen, was uns bei unserer Rückkehr erwarten würde. Wir fuhren von der Stadt aus nach einer Woche zu unseren Freunden, die ein Haus auf einer der Anhöhen haben. Von dort aus konnten wir dann zu Fuß in unser Städtchen gehen, wir gingen lange, wir waren schweigsam geworden. Meine Frau und ich standen nebeneinander und wir sahen dorthin, wo unser Haus gestanden hatte. Wir saßen nebeneinander auf einem Balken, der dort lag, wo unsere Küche gewesen war. Wir standen zwischen Trümmern, dort, wo sich die Eingangstür zu unserem Haus befunden hatte, ich trug die Schlüssel zu unserem Haus in meiner Hosentasche, so, wie ich nun den

Radiergummi in meiner Hosentasche trage. Ich wollte nach Aoko rufen, nach ihren Eltern, die nun nicht mehr unsere Nachbarn sind, ich sah in die Richtung des Gartens, in dem Aoko so oft spielte. Nicht, sagte meine Frau neben mir, nicht denken jetzt, sagte sie und sie nahm meine Hand. Um uns herum saßen und standen und gingen und suchten und wühlten und schwiegen die anderen Übriggebliebenen. Nichts sagen jetzt, murmelte meine Frau.

Mein Arbeitsplatz war nicht fortgespült worden wie die Arbeitsplätze vieler anderer, die seit jenem Tag nicht mehr wissen, was sie den ganzen Tag über tun sollen. Mein Leuchttisch stand auf meinem Schreibtisch, wie er immer dort gestanden hatte, der Schreibtisch stand, wo er immer gestanden hatte, nur mein Stuhl stand nicht mehr unter den Tisch geschoben, wie er sonst dort stand, morgens, wenn es Zeit war, sich an den Schreibtisch zu setzen. Ein paar Ordner waren aus einem Regal gefallen. Ich räumte sie wieder ein, ich schob den Stuhl aus der Mitte des Raumes zurück zum Schreibtisch, ich setzte mich und begann, die Gesichter zu zeichnen.

Von den Kollegen wurden mir auch Fotos gebracht, auf denen man Kleidungsstücke sehr gut erkennen kann, zumeist Kleidungsstücke von jenen, die im Schutt oder in Autos gefunden wurden. Die Kleidung zeichne ich bunt, das macht es noch einfacher für die Hinterbliebenen, ihre Angehörigen zu identifizieren. Sie zeigen auf die Zeichnungen, sie sagen, genau diesen Pullover trug meine Mutter, genau dieses Hemd hatte mein Vater an, das ist meine Tochter in ihrer Bluse. In Kombination mit der farbigen Kleidung bleiben die Gesichter bleiche Bleistiftgesichter, in Zusammenhang mit den bunten Pullovern, Hemden oder Blusen wirken sie wie papierne Anziehpuppen. Ich mag diese Zeichnungen nicht. Meine Frau besaß einen Pullover, der dem Pullover einer gefundenen Frau sehr ähnlich sah. Als ich den Pullover dieser fremden Frau zeichnete, blau, mit einem weißen Muster rund um den Ausschnitt, erschrak ich, und ich wusste plötzlich, wie nah meine Frau und ich alledem waren. Dieses Glück gehabt zu haben, diese Gnade ist auch eine Ungerechtigkeit. Wir stehen zu zweit und unversehrt in der Ebene, wo so viele nicht mehr sind, wo so vieles nicht mehr ist.

Neuerdings beobachtet meine Frau Vögel. Immer wieder sehe ich, wie sie den Flug eines Vogels mit den Augen verfolgt, wie sie in den Himmel sieht, auf der Suche nach einem Schwarm. Ich weiß, dass sie neuerdings Tauben und Krähen füttert, dass sie Bilder sammelt von Rotkehlchen, Schwalben, Lerchen, von Falken im Flug. Ich denke, die Vogelwelt ist meiner Frau die Gegenwelt zur Unterwasserwelt geworden. Ich mag am liebsten den Hahn, sagte Aoko einmal, wenn der ruft, geht endlich die Nacht zu Ende, und die Sonne kommt. Wenn der Hahn ruft, der schöne Hahn, dann sind alle wieder wach und es kann losgehen, sagte Aoko, und meine Frau nickte vergnügt. Das stimmt genau, mein Küken, sagte sie.

Ungefähr vier Stunden brauche ich für das Zeichnen eines fremden Gesichts, dessen Beschaffenheit ich erst durch das Zeichnen erarbeite. Das Gesicht ihres Bruders kann ich mittlerweile in zwanzig Minuten zeichnen. Ich habe es in dieser Woche bereits siebenmal gezeichnet, ich habe diese Woche also bereits zwei Stunden und zwanzig Minuten mit dem Zeichnen des Gesichts ihres Bruders zugebracht. Als ich sein Gesicht zum vierten Mal zeichnete, musste ich mir das Foto nicht einmal mehr ansehen. Sieben Mal habe ich in dieser Woche die Zeichnung seines Gesichts zerknüllt und in den Papierkorb geworfen. Radiert habe ich nicht, das Foto eines unversehrten, gut gelaunten Mannes abzuzeichnen, gelingt mir mühelos und ohne Fehler, es ist eine Fingerübung. Ich müsste lediglich seinen vergnügten Gesichtsausdruck mäßigen, ich müsste ihm seine Fröhlichkeit nehmen, seinen Gesichtsausdruck neutralisieren, um die Zeichnung seines Gesichts den anderen Zeichnungen anzugleichen. Ich müsste den unbeschwerten Moment, in dem das Foto des unversehrten jungen Mannes aufgenommen wurde, heimlich ersetzen durch einen gelogenen Moment, durch die Behauptung also, man habe ihn gefunden, man habe ihn mit all den anderen Gefundenen in der Leichenhalle aufgebahrt und dort fotografiert.

Ich schraffiere in Gedanken zehn Kilometer ins Land hinein und hunderte Kilometer am Ufer entlang, ich sitze an meinem Tisch, die siebte Zeichnung des Bruders liegt zerknüllt im Papierkorb. Hätte ich radieren müssen, so hätte ich die Radiergummireste niemals in die Teedose mit den anderen Radiergummiresten gekehrt, es wäre mir wie ein Unrecht vorgekommen, eine Art Entweihung, hätte sich dieser Betrug vermischt mit den anderen Resten in der Teedose. Ich zögere den Moment hinaus, in dem ich das nächste Foto aus dem Aktenschrank nehme, ich bin müde, ich zeichne in Gedanken eine Wolke, während ich aus dem Fenster sehe, der Himmel ist blau, auch die Gegenwelt zur Wasserwelt also ist blau, sage ich leise. Was sagen Sie denn da, lacht die junge Frau, sie steht neben mir. Ich würde ihr gern sagen, dass ich ihren Mund zeichnete und ihre Stirn, siebenmal, weil ich das Gesicht ihres Bruders zeichnete, siebenmal, dass ich das Foto bereits nicht mehr ansehen muss, um das Gesicht ihres Bruders zu zeichnen, dass ich ihm den glücklichen Moment nehmen müsste, in dem das Foto gemacht wurde. Dass ich mich freue, sie zu sehen, das würde ich ihr gerne sagen. Aber meine Frau und ich, wir stehen in der Ebene, auf immer unumstößlich nebeneinander. Sie wissen, dass ich immer wieder hier herkommen werde, bis Sie die Zeichnung aushängen, erst dann werde ich Sie in Ruhe lassen, oder wollen Sie nicht, dass ich Sie in Ruhe lasse, fragt die junge Frau. Sie wartet nicht darauf, dass ich ihr antworte, sie geht.

Ich bin am Meer gewesen, ich habe mir das Meer angesehen, die Wellen, die Brandung, den zarten Schaum, der zurückbleibt am Strand, eine geschwungene Linie aus zartem Schaum. Das nahe Meer ist durchsichtig, das ferne Meer ist blau und grün und schön. Ich habe mir das Meer angesehen, ich habe darauf gehofft, dass seine Schönheit mir helfen würde, sie hat mir nicht geholfen. Ich weiß nun, wie schwarz und wie braun und wie grau das Meer sein kann, von einem Moment auf den anderen, ich weiß nun, dass die Gunst des Momentes, in dem ich über das Meer sehe, nicht die

Gunst des nächsten Momentes zur Folge haben muss, das macht die Schönheit des Meeres zur Lüge, das Ungeheuer schnurrt, bevor es sein tatsächliches Maul aufreißt. Und immer wieder und wieder zieht auf dem einen oder anderen Fernsehsender das schneeweiße Band, diese breite Borte aus weißem Schaum unerbittlich hin zur Küste.

Noch nie seien die Gehälter der Baggerfahrer besser, die Baumaterialien so teuer gewesen, sagt meine Frau. Viele bauen ihre Häuser an anderer Stelle wieder auf, höher gelegen, möglichst weit entfernt vom Meer. Mancher Baugrund ehemaliger Ortschaften, mittlerweile zum Sumpf geworden, hat sich um mehrere Meter abgesenkt. Man denke über Landgewinnung nach, heißt es, denn es gebe auf den Anhöhen nicht genug Platz für alle Menschen, die nun auf die Anhöhen ziehen wollen. Überreste der zerstörten Städte wurden Lastwagen für Lastwagen über das ganze Land verteilt. Es heißt, man wisse nicht, wie viele unserer zivilisatorischen Trümmer im Pazifik treiben, zivilisatorische Trümmer heißt das, sagt meine Frau. In Amerika wurden Boote, Bojen, Bälle, Piers, Fischbehälter und ein Motorrad angeschwemmt. Die Amerikaner müssten das Treibgut von mitgereisten Tieren und Pflanzen befreien, heißt es. Seetang, Miesmuscheln,

Seesterne, Krebse würden von unserem Treibgut entfernt und am amerikanischen Strand vergraben, um eine mögliche japanische Invasion von Getier und Gewächsen zu verhindern, heißt es.

Ich zeichne den Schädel ihres Bruders. Das Foto habe ich im Kopf, den Schädel dazu stelle ich mir vor, es fällt mir nicht schwer, auf das Jochbein zu schließen, auf die Augenhöhlen, den Kieferknochen, das Nasenbein. Der Schädel ihres Bruders grinst, wie jeder Schädel in diesem letzten Grinsen verharrt. Ich stelle mir Wunden im Gesicht ihres Bruders vor, während ich den Schädel ansehe, den ich gezeichnet habe. Ich zeichne die Augen ihres Bruders in den nackten Schädel hinein. Er hat nicht das Recht auf eine Nummer, sage ich vor mich hin, nein, Sie haben nicht das Recht auf diese Zeichnung, sage ich, als könnte mich die junge Frau hören. Und ja, ich will, dass sie wiederkommt, und nein, ich will nicht, dass sie mich in Ruhe lässt. Ich lege die Zeichnung seines Schädels, die eigentlich die Zeichnung seiner Augen ist, in die Schublade zu dem Foto.

Manchmal erzählt einer eine Mut machende Geschichte, und jener, der die Geschichte erzählt bekommt, lächelt beim Zuhören. Was man von diesen Geschichten vor allem versteht, ist, dass es jemanden gibt, der dir Mut machen will, und alle wissen, dass es darum geht, trotz allem fortzufahren mit dem, was man eben täglich tut, trotz allem. Alles, was wir tun, beinhaltet seit jenem Tag dieses Trotzallem.

Meine Frau nennt mich unermüdlich. Ich habe darüber nie nachgedacht, ich zeichne, als wäre ich unermüdlich, das stimmt. Ich sage, dass ich alle Zeichnungen anfertigen werde, egal, wie lange ich daran zu arbeiten habe, das sage ich, ohne darüber nachzudenken. Egal, wie lange ich an den Zeichnungen noch sitzen werde, ich tue, was ich zu tun habe. Es stimmt, das klingt unermüdlich. Ich selbst denke nicht darüber nach, ob ich unermüdlich bin, oder ob ich bereits müde bin, ich tue, was einzig für mich zu tun ist, auch, sollte ich bereits müde geworden sein.

Ich weiß, meiner Frau ist es nicht recht, dass ich die Gesichter zeichne, auch, weil sie nichts tut, als in ihre Gegenwelt zur Unterwasserwelt zu starren, oder Tauben zu zählen oder Krähen zu füttern oder nur dann fernzusehen, wenn keine Nachrichten gesendet werden. Ich bin Mittelsmann zwischen den Toten und den Hinterbliebenen, ich verwalte nummeriertes Schicksal, ich bin deshalb kein guter Mensch. Auch, weil ich der unerträglich großen Versuchung, das Gesicht ihres Bruders zu zeichnen, wohl bald nachgeben werde, bin ich kein guter Mensch. Alles, was ich noch fähig bin zu tun, beinhaltet seither dieses Trotzallem.

Ein Piano stand im Schlamm. Es stand dort spielbereit, als käme gleich der Pianist. Meine Frau sah mich an, ich kann mir keine Melodie mehr vorstellen, sagte sie. Schlamm ist ein Gemisch aus fein verteilten Teilchen einer festen Substanz und einer Flüssigkeit. Ich hätte nicht gedacht, dass es so viel Schlamm geben kann. Auf den Schlamm fiel Schnee, dann blühten auf den Anhöhen die Bäume rosa und weiß. Sie standen dort wie eine Erinnerung daran, dass alles immer noch so sein könnte, wie es vor jenem Tag gewesen ist. Die blühenden Bäume standen dort in ihrer Unversehrtheit wie der spottende Inbegriff eines Glücks, das nahe der Küste seine Gültigkeit verloren hat.

Aoko schenkte mir einen Radiergummi in Elefantenform. Sie brachte ihn mir eines Tages aus der Stadt mit. An Aokos Blick konnte ich erkennen, dass dies ein Ritual der Verbrüderung sein sollte, ich nahm den Radiergummi-Elefanten mit ins Büro und stellte ihn auf meinen Schreibtisch. Dort steht er noch immer. Ich benutze ihn nicht. Er sieht mich unentwegt an, aus zwei schwarzen, runden Augen sieht er mich an, und ich wünschte, er würde sich bewegen, ich wünschte, er würde lachen und vom Schreibtisch springen, ich wünschte, er würde zum Spielplatz laufen. Ich wünschte, es gäbe den Spielplatz noch. Neulich habe ich Aokos Radiergummi-Elefanten gezeichnet, als er fertig war, musste ich lächeln, und ich zeichnete noch drei weitere Elefanten dazu, die Zeichnung ist fröhlich geworden. Ich werde sie einem der Kinder schenken, die draußen spielen, um sich daran zu erinnern, dass sie immer noch Kinder sind, trotz allem immer noch Kinder. Und dann werde ich mich auf die Mauer setzen, und ich werde beobachten, wer zu dem Aushang kommt, um meine Zeichnungen durchzusehen. Kindernamen werden nicht gerufen, sie werden leise gesagt. Wem Unerbittlichkeit widerfuhr, der weiß, was Wortlosigkeit ist, der weiß, wie es ist, wenn keine zutreffenden Worte mehr existieren. Es ist der Wind, es ist die Sonne, es ist der Baum, es ist der Frosch, ruft das Kind in der Mitte. Irgendwann laufen die Kinder um ihr Leben, diesmal im Spiel. Es ist das Meer, ruft das Kind in der Mitte nicht.

Wir sitzen auf einer Steintreppe, viele Stufen sieht man hinter uns, wir sind jung, erzählt meine Frau. Wir wissen in diesem Moment nicht, dass wir bereits fotografiert werden, ich streiche mein Hochzeitskleid zurecht, du siehst mir dabei zu, du siehst nicht in die Kamera, sondern zu mir hin, nicht um des Fotos willen, sondern einzig meinetwegen. Du freust dich über mich, das kann man sehen, sagt meine Frau. Dieses Foto trug ich immer bei mir. Bevor wir damals in die Stadt fuhren, habe ich das Foto aus meiner Handtasche herausgenommen und mit anderen Dingen, die ich nicht mit in die Stadt nehmen wollte, in eine Schublade in unser Wohnzimmer-Kabinett gelegt. Ich dachte, vielleicht würde mir in der Stadt meine Handtasche gestohlen und dann wäre das Foto fort gewesen. In der Stadt bin ich nicht bestohlen worden, hier jedoch wurde mir währenddessen alles, wirklich alles gestohlen, sagt meine Frau. Auch ich erinnere mich an das Foto, ich erinnere mich an den Moment, mir genügt die Erinnerung, sage ich. Es bleibt uns nichts anderes übrig, antwortet meine Frau.

Ein Radiergummi hinterlässt niemals weißes Papier

Ob wir unseren Neuanfang verpasst haben, fragt meine Frau. Ich weiß, sie fragt es, weil wir geblieben sind, sie fragt es aber auch, weil diese Frage nach dem verpassten Neuanfang überall und immer wieder und immer öfter gestellt wird. Man spricht über Bauweisen, über Profit und Sicherheit, über Vertrauen, Macht, Wahrheit und Duldsamkeit, und man vermisst den Neuanfang.

Die Zeichnung des Bruders ist seit Tagen fast fertig. Es fehlen nur mehr seine Augen. Die Zeichnung seines Gesichts ohne seine Augen also liegt in meiner Schublade, die Zeichnung des Schädels mit seinen Augen liegt dort ebenso. Ich warte darauf, dass die junge Frau zu mir kommt, dass sie mich zornig ansieht, weil sie weiß, wie einfach es für mich wäre, das Gesicht ihres Bruders zu zeichnen, weil sie weiß, dass ich vermutlich nicht länger als eine halbe Stunde damit zubrächte, ihr ihren Wunsch zu erfüllen, weil sie weiß, dass diese für mich so einfach und schnell herzustellende Zeichnung, öffentlich ausgehängt, für sie alles maßgeblich verändern und also zum Besseren wenden würde. Die Mutter der jungen Frau würde auf die Zeichnung zeigen, und dann würde sie endlich und abschließend den Namen ihres Sohnes sagen können. Die Zeichnungen vom Schädel mit den Augen des Bruders und vom Gesicht des Bruders ohne Augen liegen aufeinander, zusammengefasst bedeuten sie, dass ich das Gesicht des Bruders vollständig gezeichnet habe. Ich darf es nicht tun, sage ich mir immer wieder, was meint, ich könnte es tun, was meint, es fehlen nur mehr die Augen in der bereits fertigen Zeichnung seines Gesichts, nur mehr seinen Blick weit entfernt bin ich davon, der jungen Frau zu geben, was sie von mir verlangt. Durch die Augen, durch den Blick, bekommen die Gesichter ihren Witz oder ihre Enttäuschung oder auch ihre Verschwiegenheit. Ich sollte es nicht tun, sage ich leise, was meint, ich werde es tun.

Ich träumte davon, wie ich Bäume zeichne. Es waren viele Bäume, Pinien waren es, Lärchen, Kuchenbäume. Es heißt, man habe auch Tote gefunden, die von der Welle in die Bäume getragen worden waren, dort hingen sie in den Ästen, bis man kam, um sie herunterzuholen. Ich zeichnete kahle Bäume in meinem Traum, hohe kahle Bäume, nichts als Stamm und Geäst. Im

Herbst vor jenem Tag bin ich einmal mit Aoko im Park gewesen, wir stellten uns unter einen Kuchenbaum, oh je, sagte Aoko, das riecht so gut, das kannst du gar nicht zeichnen, so gut riecht das, sagte sie.

Manchmal scheinen die schraffierten Lippen in dem einen oder anderen der gezeichneten Gesichter spröde zu sein, ich verwische die Schraffur leicht, ein wenig nur, so erscheinen die Lippen dann weicher und glatter.

Die radierten Stellen einer Zeichnung werden niemals wieder wirklich weiß sein, ein Radiergummi hinterlässt niemals weißes Papier. Was also einmal fehlerhaft gezeichnet wurde, auch, wenn ich es danach sofort wieder wegradierte, existiert unumgänglich. Auch die Orte, an denen nun nichts mehr steht, sind nicht weiß. Das Entfernte existiert unumgänglich. Und wir stehen in der Ebene, und immer denken wir das Unausgesprochene mit. Es existiert kein Weiß mehr für mich, es wird niemals mehr ein Weiß für mich geben, nicht in Bezug auf diese Ebene, nicht in meinen Gedanken, so sehr ich mich auch darum bemühe.

Ich sehe einen Mann, wie er die Zeichnungen durchsieht, er mustert ein Gesicht nach dem anderen, dann sieht er das Gesicht einer Frau seines Alters, er hält inne, er besieht sich die Zeichnung lange, er tritt noch näher an den Schaukasten heran und berührt die Glasscheibe mit seiner Fingerspitze, dann sagt er einen Namen. Ohne ihre Brille sieht sie doch gar nichts, sagt er immer wieder.

Ich zähle nicht auf, was alles ich mir wünsche, ich denke nicht über das Wünschen nach. Würde ich beginnen, mir meine Wünsche aufzuzählen, es nähme kein Ende. Ich denke Tag für Tag, denn so ist es besser, bloß keine Wünsche aufzählen, sage ich zu meiner Frau. Bloß nicht in die Vergangenheit, bloß nicht in die Zukunft denken, und keine Wünsche, so ist es besser, antwortet sie mir.

Immer gibt es im Verlauf des Zeichnens einen Moment, ab dem ich mit den Gesichtern zu sprechen beginne, was ich ihnen zu sagen habe, bleibt unter uns, was wir besprechen, bedarf keiner Höflichkeitsform. Die Tatsache, dass ich sie ohne Haut und ohne Muskeln gesehen habe, dass ich auf den Fotos ihre schieren Knochen betrachtete, ihre schlimmsten Blessuren sah, macht es mir unmöglich, formell zu bleiben. Ich spreche in vertraulicher Weise mit den Gesichtern, sie sprechen in vertraulicher Weise mit mir, denn ich bringe ihnen ihre Namen und mit ihren Namen ihre gelebte

Vergangenheit zurück, das macht uns unwiderruflich zu Verbündeten. Du hast es nicht verdient, sage ich zu dem augenlosen Gesicht ihres Bruders.

Aus meinem gläsernen Tunnel heraus

Und es wird wieder ein fünfter Mai kommen, und wieder wird uns auffallen, wie viele blaue Karpfen vor den Häusern fehlen, wie viele Häuser fehlen, wie viele rote Karpfen fehlen. Glück und Gesundheit kann so vielen Kindern nicht mehr gewünscht werden, so viele Kindernamen werden leise und ohne eine Antwort zu erwarten gesagt. Und es wird wieder ein dritter Montag im Juli kommen und wir werden wieder nicht wissen, wie ausgerechnet wir das Meer feiern sollen. Es wird wieder ein dritter März kommen, wir werden wieder die Puppen auf ihre roten Stufen setzen, Puppen, die für die Mädchen böse Geister in sich einschließen sollen, doch zu viele Mädchen stehen nicht mehr am Fuße der Stufen und sehen die Puppen sitzen. Das ist der Gedanke zum dritten März, zu viele Mädchen brauchen keine Puppen mehr, um die bösen Geister von sich fernzuhalten. Es wird wieder ein siebter Juli kommen, und wir werden uns davor fürchten, unsere Wünsche auf Zettel zu schreiben, weil wir wissen, unser Wünschen, einmal begonnen, wird kein Ende mehr nehmen, weil wir wissen, es gibt nicht genug Bambuszweige, nicht genug Zettel für all unsere Wünsche. Haben wir einmal begonnen zu wünschen, werden wir alle nicht mehr damit aufhören können, in dem Wissen darum, dass das Wünschen nicht immer hilft. Es wird wieder einen fünfzehnten November geben, Sieben-Fünf-Drei werden wir denken, und so viele Eltern werden nicht mit ihren sieben- und dreijährigen Töchtern, mit ihren fünfjährigen Söhnen zum Schrein gehen können.

Damit die Außenstehenden durch polierte Scheiben blicken

Viele haben neue Häuser möglichst weit entfernt vom Meer bezogen, andere wollten bleiben, wo sie immer schon gewohnt haben. Wir sind geblieben, wir durften bleiben, wir bezogen das neue Haus an fast gleicher Stelle, ein wenig nur zu den Bergen hin versetzt. Wir haben nun einen neuen Nachbarn, die neue Straße, die an dem neuen Haus vorüberführt, ist wenig befahren, einige neue Häuser säumen bereits die neue Straße, die jedoch immer noch an zu vielen Leerstellen vorüberführt, der Wiederaufbau kostet Zeit. Zu viele Häuser sind noch nicht wieder errichtet, zu viele Menschen fehlen seit jenem Tag, zu viele Menschen warten in den Containern immer noch darauf, dass sie ihre eigenen Wohnungen bewohnen, dass sie sich wieder beheimaten, dass sie beständige Gewohnheiten annehmen können, anstelle nur zur Not und vorübergehend untergebracht zu bleiben, weil nichts anderes möglich ist. So bildet sich ein Alltag im Provisorischen aus, ein Alltag, den niemand gewählt hat, ein

Alltag, der einem widerfährt als einzige Möglichkeit, als Rettung, der man dankbar ist, die man in Dankbarkeit verflucht.

Ich wünschte, die Natur wäre nicht so, sagt ein Mädchen, sie hält das Foto ihrer Freundin in der Hand, die Natur ist einmal so und einmal so, sagt ein Junge zu ihr, ich werde später ein Wissenschaftler sein, sagt er dann.

Sie haben die Katastrophe für beendet erklärt, heißt es in der Zeitung. Viele vermissen den Neuanfang, wir alle denken immer das Unausgesprochene mit seit jenem Tag.

Unser neuer Nachbar hat Töpfe mit Efeu gekauft, er hat sie im ersten Stock seines neuen Hauses an den Fenstern angebracht. Er markiere mit dem Efeu die Höhe der Welle, sagte er zu meiner Frau. Meine Frau fragte ihn, weshalb er die Höhe denn markieren wolle, der neue Nachbar wusste keine Antwort. Stell dir vor, er tut das, und er weiß nicht, weshalb er das tut, sagt meine Frau. Sie erzählte dem neuen Nachbarn von Aoko, sie erzählte davon, dass wir von unserem Haus aus Aoko drüben im Garten haben spielen sehen können, meine Frau zeigte in Richtung Ebene, der neue Nachbar nickte, ohne etwas zu sagen. Meine Frau genoss es, von Aoko zu erzählen, sie fand kaum ein Ende, als sei das Erzählen von Aoko eine Möglichkeit, endlich alles mitzuerzählen. Wir hoffen nun darauf, dass der neue Nachbar die Töpfe mit dem Efeu vor das Haus auf den Boden stellt.

Die junge Frau ist zu mir gekommen, ich saß auf der kleinen Mauer in der Nähe der Vitrine mit den ausgehängten Zeichnungen. Die junge Frau setzte sich neben mich, wir sahen uns nicht an, wir saßen nebeneinander und sahen still zu den Zeichnungen hinüber. Ich habe in den Trümmern einen kleinen Buddha gefunden, sagte die junge Frau nach einem Moment, ich habe ihn mit nach Hause genommen. Ich dachte, er bringt vielleicht Glück, trotz all der Kratzer, die er abbekommen hat. Ich warte darauf, dass er endlich Glück bringt, vielleicht ist das ein Fehler. Alles wird wieder gut, und was sein wird, wird sein, sagt meine Mutter immer wieder. Ich denke, das ist eine Entschuldigung dafür, dass sie nicht über sich und ihre Krankheit nachdenkt. Ich tue nichts, weil ich auf das Glück warte, meine Mutter denkt nicht, weil sie davon ausgeht, dass zwangsläufig wieder etwas Gutes sein wird, als wüsste sie nicht, dass ihr kaum mehr Zeit bleibt. Es werden überall unermüdlich die Schuttberge abgetragen, das ist Zuversicht. Sie zeichnen unermüdlich die Gesichter zurück, auch das ist Zuversicht, sagte die junge Frau neben mir auf der Mauer. Ich sah in diesem Moment unseren neuen Nachbarn kommen, ich sah, wie er eine Zeichnung nach der anderen durchging. Er hat die Töpfe mit dem Efeu nicht auf den Boden gestellt, sagte ich, sich die Höhe der Welle mit Efeu zu markieren, das kann nur einer, der hier kein Haus verloren hat, er wohnte zuvor nicht hier in der Gegend, er sucht wohl jemanden, sagte ich leise. Die junge Frau sah unseren neuen Nachbarn an, plötzlich hatte ich Furcht, von ihm gesehen zu werden, hier auf der Mauer sitzend, so nah bei der jungen Frau.

Das blaue und grüne und leuchtende Meer ist schwarz oder braun oder grau, kommt es an Land. Ich wünschte, es würde Normalität einkehren, gleichzeitig weiß ich aber, dass ich Normalität noch nicht ertragen könnte. Die Bilder der über den Rand kippenden Autos, die Bilder der Blechdächer auf dem Wasser, das ist nun Teil all dessen, was Normalität sein wird. In so vielen Köpfen kippen die Autos über den Rand, schwimmen die Hausdächer vorüber, liegen Fotos oder Spielsachen im Schutt und im Schlamm, das muss nicht ausgesprochen werden. Wörter wie Sonnenaufgang hingegen sollten ausgesprochen werden oder Wörter wie Glücksmoment, all das eben, was uns seit jenem Tag nicht mehr auf selbstverständliche Weise denkbar ist, sollte immer wieder ausgesprochen werden.

Auf immer nun wird das ganze Land seit jenem Tag einmal im Jahr um vierzehn Uhr sechsundvierzig am elften März den Kopf senken. Das ganze Land wird innehalten und zu Boden sehen oder die Augen schließen. Einmal im Jahr werden seit jenem Tag nun auf immer um vierzehn Uhr sechsundvierzig die Glocken läuten. Der Kaiser sagt, wir würden den Alltag meistern, erzählt meine Frau beim Essen, lasst uns kämpfen und das Beste geben, das rufen wir, während die Bäume auf den Anhöhen blühen, als sei nichts gewesen. Wie soll man da nicht verrückt werden, wir alle sind verrückt geworden, das kann man aber nicht sehen oder merken, alles ist verrückt, sagt meine Frau.

Viele Firmen schalten die Klimaanlagen nur noch selten ein. Es ist fast zum Wettbewerb geworden, Strom zu sparen. Es soll Firmen geben, die ihre Angestellten darum bitten, leicht bekleidet zur Arbeit zu kommen, genug zu trinken, leicht zu essen, sobald es warm wird. Hin und wieder sitzt meine Frau des Nachts im dunklen Zimmer, es sind Nächte, in denen sie nicht schlafen kann. Sie steht mitten in der Nacht leise auf, leise geht sie ins Wohnzimmer, und ohne das Licht anzuschalten, setzt sie sich dort still ins Dunkel. Bist du nun auch einer dieser radikalen Stromsparer geworden, fragte ich sie eines Nachts, ich war ihr nachgegangen, ich konnte sie kaum sehen, nein, lachte meine Frau, nachts sind mir die neuen Zimmer fremd, zu fremd, um das Licht anzuschalten, sagte sie nach einem Moment.

Alles ist verrückt, sagte ich zu der jungen Frau. Der neue Nachbar war gegangen, er hatte nicht gefunden, wen er suchte, er hatte mich nicht auf der Mauer sitzen sehen neben der jungen Frau. Alle unsere Hochzeitsfotos sind nicht mehr da, sagte ich. Zeichnen sie die Fotos, sagte die junge Frau. Als ich gestern nach Hause kam, da fand ich ein neues Fotoalbum. Meine Frau hat begonnen, darin zu schreiben, sagte ich. An jeder Stelle, an der eigentlich eines unserer verschwundenen Hochzeitsfotos wäre, beschreibt sie, was sie von dem jeweiligen Foto noch erinnert. Zeichnen Sie die Fotos, sagte die junge Frau noch einmal. Ich wollte ihre Hand nehmen, ich nahm sie nicht. Die junge Frau sah mich an, es ist ein verwirrender Zustand, ich bin traurig und gleichzeitig voller Hass, sagte sie. Was muss ich tun, damit Sie das Gesicht meines Bruders für den Aushang zeichnen, fragte sie leise.

Ich erzählte ihr von Aoko, ich erzählte ihr von den gezeichneten Delfinen, von dem Radiergummi-Elefanten auf meinem Schreibtisch im Büro, ich erzählte ihr von dem Tunnel aus Glas, von dem Licht des Leuchttisches, das ich jede Nacht spüre unter meiner Haut, von dem Radiergummi, den ich immer in der Hosentasche trage, von dem Geräusch der Bleistiftspitze auf dem Papier, von der Teedose, die sich füllt, die in meinem Büro steht wie eine Urne. Dann bat ich die junge Frau um Verzeihung. Sie sind ein braver Mann, sagte sie. Was also soll ich tun, damit Sie das Gesicht meines Bruders in die Vitrine hängen, fragte sie noch einmal, diesmal etwas lauter.

Ich sehe die Kinder spielen, es ist die Sonne, es ist der Schmetterling, es ist die glückliche Hündin Ban, ruft eines der Kinder, es ist das Meer, rufe ich sehr laut, die Kinder laufen davon.

Straßen sind vom Schlamm befreit, Strommasten sind wieder aufgestellt, Bagger haben aus unseren Trümmern Berge aufgeschichtet. Es sieht aus, als würde planvolle, ruhestiftende Ordnung einkehren, doch hört man überall mehr und mehr Beleidigungen und Schimpfworte, ich sehe mehr und mehr Zorn und Streitlust, die jungen Menschen laufen uns davon in die Städte, die planvolle Ordnung, das Zurruhekommen hat es schwer. Zu viele Arbeitsplätze wurden fortgespült, es werden zu viele Schimpfwortsätze gebildet. Seit jenem Tag wird mehr getrunken, man erzählt von den Alten in den Containern, die nicht nach draußen gehen, man erzählt vom einsamen Tod, man erzählt von schweigsamen Dörfern, in denen die Zeit seit jenem Tag stillzustehen scheint. Sie nennen Zahlen, sie nennen Grenzwerte, sehen kann man nichts, riechen kann man nichts, es ist so kompliziert, dass man es einfach vergessen muss. Man kann es leichter vergessen, wenn man die Grenzwerte erhöht, sagt meine Frau.

Ich versuche, dem Meer seine natürliche Bedeutung wiederzugeben, damit ich dem Meer weder verzeihen, noch es hassen, noch es fürchten muss. Sobald sich das Meer als riesige Welle in meine Gedanken drückt, erzähle ich mir, dass die Meeresflora ungefähr siebzig Prozent des in der Erdatmosphäre vorhandenen Sauerstoffs produziert. So wird das Meer in seiner natürlichen Bedeutung Teil meines Lebens. Es funktioniert jedoch immer nur für einen kurzen Augenblick. Schon bald ist das Meer in meinen Gedanken nicht mehr blau und grün, es ist unausweichlich schwarz und braun und grau. Ich kann nichts dagegen tun, immer wieder träume ich davon, wie ich in der Ebene stehe, manchmal neben meiner Frau, manchmal allein, manchmal träume ich von der Ebene, in der niemand steht, die nichts ist als weites, ödes Land, eine Leere aus grauem Schlamm, ein Nichts, das übrig blieb, als man die Trümmer beiseitegeräumt hatte, und es sind wohl derlei Träume, die uns alle immer wieder aus dem Schlaf reißen. Viele von uns haben seit jenem Tag die Augen eines Übermüdeten, viele von uns erkennen die eigenen Alptraumaugen in den Gesichtern der anderen wieder. Drückt sich das Meer tagsüber als riesige Welle in meine Gedanken, so hole ich tief Luft, und ich weiß, das Meer produziert einen großen Teil des Sauerstoffs, der mich am Leben hält.

Es kamen amerikanische Wissenschaftler mit Unterwasser-Robotern zu uns. Die Wissenschaftler sammelten Daten, nach fünf Tagen flogen sie wieder ab. Im Fernsehen konnte man einen der kleinen Roboter tauchen sehen, er sah aus wie der Roboter, der in dem großen Aquarium ferngesteuert die Glasscheiben putzt, damit die Außenstehenden durch polierte Scheiben blicken können. Als sie den Roboter im Fernsehen zeigten, wie sie ihn ins Meer schickten, auf dass er sich auf die Suche mache nach auffallenden Objekten, wie es hieß, kam meine Frau zu mir und schaltete den Fernseher ab. Oben bleiben, murmelte sie, ich denke, sie wusste nicht, dass ich es verstehen konnte, sie murmelte es auch, während sie aus dem Zimmer ging, oben bleiben, oben bleiben, murmelte sie immer wieder.

Einundzwanzig Tage trieb die Hündin Ban auf offener See, bevor sie gerettet wurde. Sie stand auf einem Hausdach, das im Pazifik trieb. Die Hündin Ban wurde ihrer Besitzerin zurückgebracht, es heißt, dies sei ein Wunder. Zu viele gibt es, die nichts zurückbekamen. Es ist die glückliche Hündin Ban, ruft eines der Kinder.

Das Fehlen hat die Leere besetzt

Ich sitze an meinem Arbeitstisch wie an jedem beginnenden Tag, ich will aber kein nächstes Foto aus dem Aktenschrank nehmen, ich will keine nächste Zeichnung anfertigen, auch will ich nicht das Gesicht ihres Bruders zeichnen. Ich zeichne meine Frau in ihrem weißen Hochzeitskleid, ich zeichne einen Baum, in dessen Schatten sie steht, sie hält ihren Schleier fest, sie lacht, kurz zuvor war sie gestolpert, und sie wäre fast gefallen. Ich werde diese Zeichnung in das Fotoalbum kleben, das meine Frau in dem neuen Haus auf den neuen Tisch in dem neuen Wohnzimmer gelegt hat. Ich weiß, meine Frau wird sofort wissen, welches Foto ich aus meiner Erinnerung heraus gezeichnet habe. Sie wird bemerken, dass ich es nicht wagte, auch ihren Vater zu zeichnen, auf dem Hochzeitsfoto jedoch war er im Hintergrund zu sehen gewesen. Ich zeichne auch Wolken, auf unserem Hochzeitsfoto sind keine Wolken gewesen, auch das wird meine Frau bemerken. Ich zeichne das Gesicht meiner Frau ohne Falten, ich zeichne ihr junges Gesicht, es wird ihr vielleicht wie ein Vorwurf erscheinen. Plötzlich steht die junge Frau hinter mir, sie lächelt, sie nickt, die Zeichnung ist Ihnen gut gelungen, die Wolken vor allem, sagt sie. Ich drehe die Zeichnung um, ich mag es nicht, dass sie das junge Gesicht meiner Frau sieht, ihr Lachen. Die junge Frau setzt sich auf den Stuhl mir gegenüber, ich sehe sie an, ich warte. Ich muss Ihnen erzählen, weswegen sie das Gesicht meines Bruders unbedingt zeichnen müssen, sagt sie. Wir wurden am selben Tag geboren, er kam zur Welt, ein paar Minuten war er das einzige Kind meiner Mutter, dann kam ich zur Welt. Ich war das Gegenstück zu ihm, er war das Gegenstück zu mir. Wann immer meine Mutter mich nun ansieht, sieht sie vor allem, dass er fehlt. Meine Mutter wartet darauf, dass er endlich zu ihr zurückkommt, und sei es als eine Ihrer Zeichnungen. Während meine Mutter mich ansieht, fehlt er, das ist es, was ich seit jenem Tag für sie bedeute. Zeichnen Sie für meine Mutter die Gewissheit, dass sie nur noch ein einziges lebendes Kind hat, dass ich nun ihr einziges Kind bin auf dieser Erde. Die junge Frau sieht mich an. Ich weiß, ich sollte etwas sagen, ich sollte die junge Frau davonjagen, ich sollte ihr sagen, dass ich es nicht tun, dass ich nicht auf diese Weise betrügen kann, dass ich es kaum ertrage, ihr nicht zu helfen. Sie machen diese Tests, sage ich der jungen Frau stattdessen, sie können nachweisen, dass die Identifizierten wirklich zu den Hinterbliebenen gehören, oder aber nicht. Wegen dieser Tests ist es nicht möglich zu betrügen, sage ich. Die junge Frau lächelt, als hätte ich ihr somit zugesagt, das Gesicht ihres Bruders zu zeichnen. Wir werden einen Weg finden, sagt sie. Ich sehe sie an, die Augen eines Menschen sind immer seine Augenbreite voneinander entfernt, ihre Augen sind auch die Augenbreite ihres Bruders voneinander entfernt.

Hin und wieder nahm meine Frau einen Faden, sie knotete seine Enden zusammen, und dann, sehr schnell, zog sie den Faden zwischen ihren Fingern hin und her, so entstanden die Fadenfiguren. Aoko jubelte, sah sie meiner Frau dabei zu, den Schmetterling mochte Aoko am Liebsten. Das Symbol für die junge Frau, für das eheliche Glück, das Symbol für die unsterbliche Seele hat nun verkümmerte Flügel und deformierte Augen, sagte meine Frau eines Abends. Sie saß in unserem neuen Wohnzimmer, sie hatte den Schmetterling aus Fäden zwischen ihren Händen gespannt, sie sah ihn kurz an, dann legte sie ihre Hände in den Schoß, dort war der Faden nur mehr Faden.

Die Leere, die alles das ist, was einmal da war und nun nicht mehr da ist, überschreibt meinen Begriff der

Leere, mit dem ich aufgewachsen bin. Das Fehlen ist so allumfassend, diese Leere setzt sich so klar definiert und unübersehbar einzig aus dem Fehlenden zusammen, dass es mir nicht mehr gelingen will, die Leere anders zu definieren als mit dem Fehlen von etwas. Das Fehlen hat die Leere besetzt. Die radierten Stellen einer Zeichnung werden niemals wieder weiß sein. Ich denke auch an den Vater meiner Frau, an die Zeichnung auf der ich ihren Vater im Hintergrund nicht zeichnete, obschon er auf dem Foto zu sehen gewesen war. Dort ist das Zeichenpapier nicht leer geblieben, dort ist das Fehlen ihres Vaters zu sehen, ich habe mit jedem Strich auch sein Fehlen gezeichnet.

Die junge Frau sitzt mir gegenüber, sie ist still, sie ist müde. Meine Aufgabe ist es, den Anblick der Opfer für die Hinterbliebenen erträglich zu machen, meine Aufgabe ist es nicht, das Schicksal zu betrügen, sage ich. Die Frau nickt, ich spreche nicht von einer Aufgabe, ich spreche davon, dass Sie gar nicht anders können, als mir diesen Gefallen zu tun. Mein Bruder hat nicht überlebt, das weiß ich. Vielleicht habe ich Ihnen das falsche Foto gegeben, sagt die junge Frau, es ist ein zu fröhliches Bild von ihm. Ich habe eines dabei, auf dem sieht er etwas trauriger aus, sagt die junge Frau, sie geht um den Schreibtisch herum, sie legt das Foto auf den Tisch, dann verlässt sie das Zimmer. Mit einer Schere oder mit einem Messer muss sie das Foto ihres Bruders beschädigt haben, sein rechtes Auge und ein Teil seines Mundes, sowie ein Teil seiner Stirn sind nicht mehr zu erkennen.

Der Meeresgrund ist ebenso gebirgig wie die Erdoberfläche, man darf ihn sich nicht vorstellen wie eine glatte sandige Fläche, hatte ich Aoko einmal gesagt, wir waren gemeinsam mit ihren Eltern an den Strand gegangen. Ich denke an den Jungen auf seinem Einrad, sie haben doch alles dort unten, sie haben Bäume zum Klettern, sie haben viel Platz, sogar Schatten und Berg und Tal, sagte er. Aoko wollte nicht nur einen Delfin, sie wollte mehrere Delfine, sagt meine Frau immer wieder einmal, meist, wenn wir gemeinsam vor dem neuen Haus sitzen, dort, wo es am späten Nachmittag noch sonnig ist. Dort, nur ein wenig näher am Meer, dort fragte Aoko nach drei Delfinen, das war an einem Tisch, den es nicht mehr gibt, es standen andere Stühle um diesen Tisch, aber wir saßen in derselben Sonne. Es fahren weniger Autos an dem neuen Haus vorüber, als Autos an unserem damaligen Haus vorüberfuhren, das wird sich jedoch ändern, heißt es. Es geht bergauf mit uns, sagt der Kaiser, wir sind gut darin, die Situation zu meistern, sagt er, wir sehen nach vorne, voll der Hoffnung und des Mutes, sagt der Kaiser über uns. Wenn man einkaufen geht, wenn man Bus fährt oder auf einer Bank mit anderen sitzt, kann es passieren, dass man Geschichten hört. Geschichten von Dieben, die verlassene Häuser plünderten, von Fischen, die man besser nicht essen solle, von Versprechungen, die bisher nicht eingehalten worden seien. Auf immer wird das ganze Land seit jenem Tag nun einmal im Jahr um vierzehn Uhr sechsundvierzig am elften März den Kopf senken, zu Boden sehen, innehalten.

Ein junger Mann hat seinen Vater erkannt, ein Vater hat seine Tochter erkannt, eine Frau hat zufällig im Vorübergehen ihre Nachbarin erkannt.

Ein Mann hat unter meinen Zeichnungen das Gesicht seiner Schwiegermutter gefunden. Er habe sich auf der Suche nach seiner Frau viele Male alle Toten in den Leichenhallen angesehen, er sei also bereits viele Male an seiner Schwiegermutter vorübergegangen, auf der Suche nach seiner Frau, er habe aber seine Schwiegermutter im Vorübergehen nicht erkannt. Dann habe er die Zeichnung gesehen, die Zeichnung mit der Nummer vierundfünfzig. Er könne nun wenigstens die Mutter seiner Frau beerdigen. Er sagte, eine Beerdigung werde ihm guttun, es stünden für ihn seit nun so langer Zeit bereits Beerdigungen an, auch, wenn es nicht die Beerdigung seiner Frau sein werde, immerhin könne er nun eine Namenstafel an der Rückseite des Familiengrabsteins anbringen. Er schüttelte den Kopf, er sagte, er dürfe sich nicht beklagen, schließlich gehöre er zu den Verschonten, er dürfe sich nicht beklagen, und eben dies sei schwierig. Er komme jeden Tag, um die Zeichnungen durchzusehen, er habe noch mindestens ein weiteres Namensschild anzubringen.

Eine junge Frau sagte mir, es sei ihr die Wohnung geblieben, ausgerüstet für zwei. Es seien ihr die Tassen geblieben, aus denen ihr Mann getrunken habe, die Gläser, die er benutzt habe, seine Schuhe, sein Schlafanzug, seine Hemden und Hosen, die Bettwäsche, in der er geschlafen habe, alles von ihm sei ihr geblieben. Sie habe ihn auf meiner Zeichnung sofort erkannt, sie wisse nicht, was sie mit all seinen Dingen tun solle. Sie würde hin und wieder in seinen Schrank sehen, seine Schuhe putzen, sie würde hin und wieder seinen Lieblingsfisch essen, sie habe zu viele Löffel, zu viele Teller, zu viel Platz in der Wohnung. Es gebe eine Schale mit einem Rest seiner letzten Mahlzeit darin, sie wisse nicht, was sie mit der Schale tun solle, die Schale stehe im Moment im Keller des Hauses, mit dem Rest seiner letzten Mahlzeit darin, versteckt von ihr in einer Ecke, niemand wisse davon.

Einmal lief Aoko auf die Straße, ein Auto musste ihretwegen scharf bremsen, ich riss Aoko an ihrem Arm zu mir hin, ich schrie sie wütend an, voll des Entsetzens schrie ich laut auf Aoko ein, sie weinte, sie schämte sich, alle sahen uns an. An einem Tag, der war wie jeder andere Tag, in einer Sekunde an einem solchen ganz normalen Tag hätte plötzlich dieses Unglück geschehen können, also schrie ich. Dieses Schreien voll des Entsetzens ist ausgeblieben, als wir aus der Stadt zurückkamen, als nichts mehr vorzufinden war, als wir stumm in der Ebene standen, aus allem herausgeworfen und im Abseits unserer selbst. Auch die Anderen haben nicht geschrien. Diese lückenlose Unerbittlichkeit hatte uns sofort, von der ersten Sekunde an, wortlos und stumm und einander gleich gemacht.

Man ist auch ein trauriges Kind

Mein drittes Kleid an unserem Hochzeitsabend war leuchtend rot, es saß sehr eng am Körper, erzählt meine Frau. Mein Vater sah mich an, als würde es ihn erschrecken, mich so zu sehen, sagt sie. In dem weißen Kleid, mit dem weißen Schleier, fühlte ich mich wie im Märchen, in dem roten Kleid hingegen ging ich aus Fleisch und Blut umher, ich lachte über das Gesicht meines Vaters, als er mich in diesem roten Kleid sah. Ich umarmte ihn, und ich ließ ihn nicht los, bis auch er lachte.

Und es wird wieder ein neunter September kommen, wir werden wieder die Chrysantheme feiern, das Erinnerungskraut, das Symbol der Unsterblichkeit. Meine Frau trug zu diesem Fest immer eine Chrysantheme im Haar. Zum Schutz gegen Unheil, und weil es hübsch aussieht, sagte sie. Ich denke nicht, dass sie sich jemals wieder eine Chrysantheme ins Haar stecken wird. Sie hatte auch Aoko einmal eine Blüte ins Haar gesteckt, Aoko konnte noch nicht einmal sprechen, gerade erst hatte sie begonnen zu laufen. Meine Frau erzählte ihr davon, dass es Chrysanthemen gibt, die im Herbst blühen, dann, wenn die anderen Blumen bereits verblüht sind. Niemals wieder werden wir Aoko sehen, mit einer Blüte im Haar. Vor Tagen habe ich Aoko gezeichnet, ich habe für sie drei andere Mädchen dazu gezeichnet, sie standen neben Aoko, sie lachten mich an, Aoko hingegen lachte mich nicht an. Ich wagte es nicht, ein Lachen in ihr Gesicht zu zeichnen, ein Lachen, als würde sie gleich etwas sagen, oder als habe sie eben etwas gesagt. Ich zeichnete die junge Frau mit einer Chrysantheme im Haar. Die Zeichnung ist mir gelungen, ich schämte mich dafür, die junge Frau gezeichnet zu haben, ich bewahrte die Zeichnung nicht auf.

Als der Kaiser im Fernsehen zu sehen war, wusste ich, meine Frau würde sich niemals wieder eine Blüte ins Haar stecken, das war es, was ich dachte, als der Kaiser uns lobte, als er zu uns sprach von Kraft und von Hoffnung, von Zuversicht und Besonnenheit. Ich sah meine Frau an, ich sah ihr Haar an, niemals mehr eine Blüte, dachte ich. Und es wird wieder ein neunter September kommen, an dem wir das Erinnerungskraut, das Symbol der Unsterblichkeit zu feiern haben.

Die junge Frau hat das rechte Auge ihres Bruders, sie hat einen Teil seines Mundes, einen Teil seiner Stirn zerkratzt. Ich sehe das Foto an. Die junge Frau bedeutet für ihre Mutter, dass der Bruder nicht mehr da ist, so, wie alles das, was uns geblieben ist, darauf hinweist, dass alles andere fehlt. Die Leere ist seither besetzt vom Fehlen, das spurlose Verschwinden ist kein Zaubertrick. Der Pazifik, vom Strand aus gesehen, die ineinander übergehenden Farben, der sich auf dem Wasser spiegelnde Himmel, der Horizont, alles das eignet sich nicht mehr als Postkarte. Immer wieder, des Nachts im Schlaf, kippen Autos über den Rand, Hausdächer treiben im Wasser, Hunde irren durch den Schlamm. Das Wort Sonnenaufgang sollte ausgesprochen werden oder das Wort Glücksmoment, wir müssen aufeinander achtgeben, doch so vieles sieht man von außen nicht.

Der neue Nachbar begegnet uns nur selten, das Gespräch mit uns sucht er nie. Meine Frau würde ihm gern Fragen stellen, sie tut es nicht. Das haben wir uns abgewöhnt, das Fragen, sagt sie. Ich habe ihr erzählt, dass der neue Nachbar hin und wieder meine ausgehängten Zeichnungen durchsieht, dass ich zuerst dachte, er würde jemanden suchen, dass ich nun aber vielmehr denke, er betrachtet die Zeichnungen wie man eben irgendwelche Zeichnungen fremder Gesichter betrachtet, beiläufig und zum Zeitvertreib, während eines

Spaziergangs ohne Ziel. Er hätte gewiss schon darüber gesprochen, würde er jemanden suchen, sagt meine Frau. Er hätte gewiss versucht, Überlebende zu finden, die jene von ihm vermisste Person gekannt haben, nein, sagt meine Frau, der sucht niemanden.

Der neue Nachbar hat vor seinem neuen Haus gesessen und leise gesungen, ich glaube, es war ein Sehnsuchtslied über das Meer. Wo eben noch Aoko spielte, saß nun der neue Nachbar vor dem neuen Haus und sang ein Lied über das Meer, sein Efeu markiert die Höhe der Welle. Meine Frau hörte ihn nicht singen, sie war spazieren gegangen, ich bin froh darüber, dass sie ihn nicht hörte.

Die Frauen streiten nicht mehr, und sie erzählen nicht mehr von früher, sagt meine Frau, sie erzählen sich stattdessen seit Neuestem von den Gerüchten, die überall kursieren. Sie erzählen von den Gerüchten über den Fisch und über die auf immer vom Salz verdorbenen, wertlosen Felder der Bauern, über falsche Zahlen, über die Ratlosigkeit und Feigheit der Verantwortlichen, über Geschäftsmänner, über Betrug, vor allem über Betrug und Verschleierung. Manchmal erzählen sie von unserem neuen Nachbarn, sagt meine Frau. Er sei vielleicht gekommen, um Geld zu machen, viel Geld, vielleicht mit einem Vergnügungspark, dort, wo das Land nun günstig zu haben ist, oder er mache Geld mit verseuchtem Gemüse und verseuchtem Fisch, oder vielleicht auch mit Waisenkindern, sagt meine Frau.

Jedoch kann ich nicht entfliehen, da ich kein Vogel bin, das steht neben einer Zeichnung, die ich von Aoko gemacht habe. Meine Frau wurde wütend, als sie diese kleine Zeichnung auf dem nicht bedruckten Rand der Zeitung sah, die ich gelesen hatte. Ich solle ruhen lassen, was geschehen ist, ruhen lassen, was Aoko geschehen ist, ich solle endlich mit meinen Zeichnungen fertig werden, endlich abschließen, endlich nicht mehr an die Wunden denken, keine Entstellungen mehr, nicht mehr diese zerstörten Gesichter, die aus jeder der Zeichnungen blicken, die aus deinen Augen blicken, weil du nicht auf immer in dir einschließen kannst, was du da siehst Tag für Tag, rief meine Frau. Ich will dich Landschaften zeichnen sehen, Bäume, Berge, wann endlich bist du nur fertig mit diesen Gesichtern, du weinst nie, rief sie.

Ich werde nicht bis zum Jahresende alle Gesichter gezeichnet haben, ich werde nicht schaffen, was ich mir vorgenommen habe. Die junge Frau holte mich von der Arbeit ab, sie stand auf dem Gehweg, ich sah sie sofort, als ich aus dem Gebäude trat. Sie schenkte mir einen Radiergummi, einen einfachen, weißen Radiergummi, ich trage ihn nun immer in meiner Hosentasche, ich habe ihn bereits benutzt, er ist verfärbt an seinen Enden, einige seiner Reste befinden sich bereits in meiner Teedose. Die junge Frau ging neben mir, als wären wir zum Spazierengehen verabredet gewesen, ich ging neben ihr, weil ich nichts anderes zu tun wusste, als zu gehen, weil auch sie ging. Ich hatte keinen Weg im Kopf, sie sah beim Gehen zu Boden, ich hielt den Radiergummi in der verschwitzten Hand, in der Tasche meiner Hose hatte ich meine Hand zur Faust geballt, fest hielt ich diesen weißen Radiergummi in meiner Faust. Ich würde es selbst tun, sagte die junge Frau, wenn ich zeichnen könnte, nähme ich Ihnen die Arbeit ab, Sie würden die fertige Zeichnung auf Ihrem Tisch finden und hätten also nichts weiter getan, als sie auszuhängen. Wollen Sie mir nicht das Zeichnen beibringen, fragte sie, und dann hörte ich ihr Lachen. Ich habe Ihren Bruder bereits gezeichnet, sagte ich leise, die Zeichnung ist nicht sehr gut geworden. Ich habe ein Gesicht zu zeichnen gehabt, das mich so sehr an das Gesicht Ihres Bruders erinnerte, dass es, je länger ich daran zeichnete, umso mehr zum Gesicht Ihres Bruders wurde, nicht ganz und gar, jedoch fast, sagte ich. Vielleicht ist er es ja, sagte die junge Frau. Sie war stehengeblieben und sah mich an. Ich habe mich so sehr an unseren Plan gewöhnt, dass ich die Möglichkeit, er könnte gefunden werden, ganz vergessen habe, sagte sie.

Unser Plan, dachte ich, und ich entgegnete nichts, unser Plan, dachte ich immer wieder, wohl wegen des Wortes unser, weniger wegen des Wortes Plan. Niemand kann Sie dafür bestrafen, dass Sie in einem der Gesichter Ihren Bruder sehen, sagte ich. Niemand kann Sie dafür bestrafen, dass Sie einem Gesicht beim Zeichnen nicht ganz gerecht werden, wodurch sich dann eine zufällige Ähnlichkeit mit einem anderen Gesicht ergibt, sagte die junge Frau. Unser Plan, dachte ich.

Wenn man seinen Vater verliert, verliert man ihn auch als Kind, sagt meine Frau, man ist auch ein trauriges Kind, man wird also vom Tag seines Todes an immer auch ein trauriges Kind sein, egal, wie alt man ist, verliert man seinen Vater, sagt sie.

Die junge Frau hat ihren Bruder nicht als Schwester verloren, sie verlor ihn als die Tochter ihrer Mutter. Es ist wahr, ich sehe die Zeichnung an, die zum Gesicht ihres Bruders wurde, es ist wahr, dass eine große Ähnlichkeit entstand, als ich die Zeichnung des Toten mit der Nummer dreiundsiebzig anfertigte. Strich um Strich war das Gesicht ihres Bruders die logische Schlussfolgerung aus den anatomischen Gegebenheiten. Ich hatte mich nicht dazu entschlossen, sein Gesicht zu zeichnen, die Zeichnung wurde wie von selbst mehr und mehr zu seinem Gesicht. Ich weiß nicht, wie das ist mit dem Wollen, es existiert wohl auch dort, wo es über die Gedanken nicht sofort abrufbar ist, das Wollen existiert wohl auch ohne Vorsatz. Es wird wohl mein Wille gewesen sein, den Bruder zu zeichnen, und es war diese wie von selbst entstandene Zeichnung, die mir meinen Willen mitteilte, so könnte man es sagen. Ich vergleiche das Foto dieses lachenden, ausgelassenen Bruders mit der Bleistiftzeichnung Nummer dreiundsiebzig, die Nase stimmt nicht ganz, die Augen auf meiner Zeichnung sind etwas größer als auf dem Foto, die Ähnlichkeit jedoch ist nicht zu leugnen, ich korrigiere nichts. Ist man seit unerträglich langer Zeit auf der Suche nach dem Gesicht des Sohnes, so wird man es in dieser ihm ähnlichen Zeichnung finden, auch, weil man es so sehr finden will. Vielleicht ist er es ja, hatte die junge Frau gesagt, vielleicht ist er es. Ich habe die junge Frau gebeten, ihrer Mutter nichts zu sagen, ihre Mutter soll es sein, die unvorbereitet meine Zeichnung im Aushang findet, die Mutter soll leise seinen Namen sagen, den sie mir dann etwas später in meinem Büro nennen wird, laut und deutlich und gefasst, damit ich die Nummer dreiundsiebzig austausche gegen seinen Namen.

Wie ein verirrter Schwarm

Man hat Ordnung geschaffen, so gut es ging, so schnell es ging, man hat Unmengen von Trümmern beseitigt, über das ganze Land hat man die Überreste verteilt, aber immer noch leben wir in Trümmern, immer werden wir in diesen unvergesslichen Trümmern leben. Auch im Pazifik treiben sie. Das, was war, ergab einen schwimmenden Teppich aus Wrackteilen, man hatte mit der Meeresströmung, mit dem Wetter, mit dem Wind gerechnet, und dann bewahrheiteten sich die Vorhersagen. Einige unserer Trümmer kamen, wie ein verirrter Schwarm toter Fische, in Amerika an.

Was ich unbedingt vergessen muss, das ist die goldene Glückskatze im Schlamm. Ich habe sie nicht aufgehoben, ich wollte nicht wissen, ob sie noch winken kann, sagte meine Frau. Wir saßen vor dem neuen Haus, ich hatte sie nach ihren Gedanken gefragt. Es ist besser, in derlei schweigsamen Momenten nicht nach Gedanken zu fragen, es sind meist Gedanken, zu denen man nichts sagen kann, die man nicht zum Besseren wenden kann.

Nicht alle unsere Trümmer sollen beseitigt werden, es gibt auch Schuttberge, die zur Wiederverwendung bereitstehen. Diese Schuttberge stehen also bereit zwischen dem, was einmal gewesen ist, und dem, was einmal sein wird. Diese Berge aus wiederverwendbaren Überresten bezeugen, dass nichts je sein wird ohne das, was gewesen ist.

Ich versuche zu verzeihen, sagt meine Frau. Es heißt, wer verzeiht, dem wird es besser gehen, sagt sie. Aber wem dies alles verzeihen, fragt sie.

Als Aoko einmal in unser Wohnzimmer kam, eine Puppe im Arm, da sah sie einen großen Bogen Papier mit einem Schriftzeichen darauf auf dem Tisch liegen. Sie sagte, dieses Schriftzeichen sehe aus wie eine Frau und ein Mann, die miteinander tanzten, die sich gemeinsam im Kreis drehten, schnell und gut gelaunt, und der Rock der Frau flöge. Das bedeutet Verzeihen, sagte ich. Damals wussten wir von nichts, wir dachten, Aoko würde eines Tages in die Schule gehen, würde eines Tages Kinder haben. Aber wem dies alles verzeihen, fragt meine Frau.

Gab es ein Erdbeben, sagte Aoko zu jedem, den sie danach traf, da war ein kleiner Groll, ich habe den kleinen

Groll gespürt. Wir lachten darüber, manchmal, nach den etwas stärkeren Beben, waren wir froh, dass alles gut gegangen war, was die Möglichkeit, dass es einmal nicht gut gehen könnte, mit einbezog.

Minus dieser herausgeschnittenen Stunden

Die Stärke des Bebens war erstaunlich, das hat das Erstaunen abgeschafft. Seit wir wissen, wie das ist, in der Ebene zu stehen, wissen wir auch, dass Unvorstellbares tatsächlich geschieht, dass sich plötzlich und unerbittlich eine bestimmte Uhrzeit an einem bestimmten Tag in den Kalender brennt, und in alle folgenden Kalender.

Diese weite, flachgerissene Ebene, sagte ich zu der jungen Frau, und die Enge, in der wir seit jenem Tag zu leben haben, machen uns zwangsläufig unruhig und unzufrieden. Es ist eine Enge, die durch das gemeinsame Schicksal entstanden ist, durch das gemeinsame Nichtaussprechen, ich befürchte, das Stillhalten wird von Tag zu Tag schwieriger werden, sagte ich zu der jungen Frau. Sie lachte darüber, machen Sie sich nicht solche Gedanken, sagte sie, diese Gedanken helfen nicht. Das Einzige aber, was uns allen zu tun bleibt, ist zu helfen, sich selbst und jedem zu helfen. Wir saßen in einem der neuen Restaurants, die junge Frau saß mir gegenüber, hinter ihr war ein Fenster, es war bereits dunkel draußen. Meine Frau und ich gehen selten essen, sagte ich der jungen Frau, sie nickte, dann wird der Kellner Sie nicht kennen, mich kennt er auch nicht, das ist gut, sagte sie. Wir aßen viel, es war spät geworden, ich sah zur Uhr, und ich wusste, dass ich zu Hause lügen müssen würde. Ich wusste, dass diese Zeit aus meinem Leben mit meiner Frau herausgeschnitten sein würde, dass meine Frau und ich gemeinsam und nebeneinander in der Ebene stehen, unwiderruflich und für immer, minus dieser herausgeschnittenen Stunden, die ich mit der jungen Frau im Restaurant verbracht haben würde. Man wird natürlich herausfinden, dass der Tote nicht mein Bruder ist, sagte die junge Frau. Versuchen Sie, die Mitteilung darüber so lange wie möglich zurückzuhalten, sagte sie, ich werde meine Mutter von hier fortbringen, nachdem sie die Zeichnung im Aushang gefunden hat. Wir werden nach Westen gehen, meine Mutter wird mir folgen, denn ich bin ihr einziges Kind. Ich bin das einzige Kind meiner Mutter, wiederholte die junge Frau etwas leiser. Ich werde es so einrichten, dass meine Mutter nichts erfahren wird, ich werde ihr sagen, dass wir zurückkommen, sobald wir meinen Bruder in unserem Familiengrab beerdigen dürfen. Meine Mutter wird es glauben, sie wird beruhigt und geduldig sein, sie wird ihre Unruhe aufgeben. Ich werde ihr erklären, dass die Papiere, die man für eine Beerdigung benötigt, in diesem Fall nicht von heute auf morgen ausgestellt werden können, sie wird mir glauben und mit mir gehen, denn ich bin ihr einziges Kind, dann wird sie beruhigt sterben, sagte die junge Frau.

Ich weiß, ein Radiergummi hinterlässt niemals weißes Papier. Was ich also einmal fehlerhaft gezeichnet habe, auch, wenn ich es danach sofort wieder wegradiere, existiert unumgänglich. Fehler, die wir machen, existieren unumgänglich, es wird keine Zukunft geben, die nicht auch unsere gemachten Fehler beinhaltet, selbst dann nicht, wenn wir uns um Wiedergutmachung bemühen, es wird kein Weiß mehr geben.

In jedem Moment des Staubaufwirbelns

Herr Tanaka steht heut nicht mehr auf, ruft draußen ein Kind, jenes mit dem Gesicht zur Wand. Rabe, kleiner Rabe, warum weinst Du, singen die Kinder. Lass uns einen Pfirsich falten, sagte Aoko einmal, lass uns Schere, Stein, Papier üben, rief sie ein andermal. Das Essen ist gar, der Kessel dampft, muss es noch länger kochen? Wir wollen sehen, rufen draußen die Kinder. Vögelchen im Käfig, wann kommst du heraus? Durch die Abenddämmerung kamen ein Kranich und eine Schildkröte, und wer setzt sich hinter dich, rufen draußen die Kinder. Es ist das Meer, rufen die Kinder nicht.

Es gibt eine Grundschule mit nur mehr einem einzigen Schüler. Jeden Tag geht er brav zum Unterricht, er hat drei Lehrer, die ihn in einem der großen Klassenzimmer nach dem geltenden Lehrplan unterrichten, er hat den Sportplatz ganz für sich allein, ohne Gegner, ohne wählbare Mannschaft, ohne Freunde. Der Junge müsse in der verlassenen Schule bleiben, weil seine Eltern kein Geld für den Bus zu einer anderen Schule hätten, heißt es.

Die Libelle im Abendrot, sie ruht sich aus, auf der Spitze der Bambusstange, singt ein Kind, der Hase schläft im Walde, mit einem offnen Aug, singt ein anderes. Es heißt, man statte wilde Affen mit Messgeräten aus, um in den Wäldern, in denen sich niemand mehr aufhalten darf, Daten zu sammeln. Nichts Böses sehen, nichts Böses hören, nichts Böses aussprechen, sagt meine Frau.

Ich komme aus einem sehr großen, reifen Pfirsich, sagte Aoko einmal, und nun zeichne mir eine Schuluniform, sagte sie. Ich träumte von Aoko. Weil ich einsam bin, möchte ich dich treffen, sagte sie in meinem Traum. Herr Tanaka steht heut nicht mehr auf, ruft draußen ein Kind, jenes mit dem Gesicht zur Wand, die anderen währenddessen laufen.

Tausend Jahre müssen von nun an vergehen, sagen die Mütter zu den Vätern und sehen ihren Kindern zu. Seit jenem Tag sehen die Mütter und die Väter ihren Kindern auf andere Weise zu, sie denken in jedem Moment des gefürchteten Staubaufwirbelns die gefürchtete Zukunft ihrer Kinder mit.

Was auch gäbe es zu sagen

Die Mutter der jungen Frau ist klein und müde. Die junge Frau hat sich bei ihrer Mutter untergehakt, es kann nicht schwierig sein, diesen kleinen Körper der Mutter zu stützen. Die Mutter sieht sehr langsam alle Zeichnungen durch, es ist bereits spät, sehr genau sieht die Mutter in jedes Gesicht, in jedes Paar Augen. Sie wird die Zeichnung mit der Nummer dreiundsiebzig erreichen, sie wird ihren Sohn sofort erkennen, keine weitere Zeichnung, kein weiteres Gesicht wird sie mehr ansehen. Ich bleibe nicht auf der Mauer sitzen, ich will nicht hören, wie die Mutter den Namen des Sohnes, den Namen des Bruders sagt. Ich will den Namen, ab dessen Nennung ich ein Betrüger sein werde, erst morgen früh in meinem Büro hören. Ich gehe eilig nach Hause, ich esse still, ich bleibe keine Antworten schuldig, denn meine Frau stellt keine Fragen. Als ich von der Mauer aufstand, sah mich die junge Frau kurz an, es war kein Zorn in ihrem Blick, wohl aber in meinem.

Ich sitze also am Tisch und esse, und ich weiß, morgen früh wird die junge Frau mich in Begleitung ihrer Mutter in meinem Büro erwarten, morgen früh werde ich den Namen ihres Bruders erfahren, ich werde seinen Namen schreiben.

Manchmal hat meine Frau rote Augen. Wir tun beide so, als wüssten wir nichts davon, was auch gäbe es zu sagen, was auch könnte man erwidern, entgegensetzen, Unerbittlichkeit ist lückenlos. Ich bin ein Betrüger, das denke ich, sobald ich meine Frau ansehe, und ich meine damit auch die herausgeschnittenen Stunden, ich meine damit auch die Redlichkeit meiner Frau. Ich mag es nicht, dass sie in einer Platzhalter-Küche für uns kocht, in der sie nicht kochen will, dass sie Ordnung hält in einem Platzhalter-Haus, in dem sie nicht leben will, dass sie keine Fragen stellt, dass sie heimlich weint, dass sie nicht gehen wird, dass ich nicht gehen werde.

Auf einem der Hochzeitsfotos sieht mich meine Frau zornig an, ich war unkonzentriert gewesen, für einen Moment hatte ich vergessen, dass wir fotografiert wurden. Meine Frau mochte es nicht, dass ich ein wenig betrunken war, also sah sie mich zornig an. Als wir die Fotos nach der Hochzeit gemeinsam durchsahen, lachte ich, als ich dieses Foto fand, sieh nur, da bist du bereits mit Haut und Haar eine zornige, kleine Ehefrau, lachte ich. Die Zeichnung dieses Fotos klebe ich nicht in das Platzhalter-Fotoalbum, das auf dem neuen Tisch in dem neuen Wohnzimmer liegt. Ich weiß, meine Frau wird sich an dieses Foto nicht erinnern wollen. In unserem Platzhalter-Leben ist es möglich, genau auszuwählen, an welche Fotos wir uns nicht erinnern wollen.

Den Radiergummi fest in der Faust

Fast ausschließlich aus Wasser, stell dir das vor, sagte ich zu meiner Frau, als wir in dem Aquarium vor den Quallen standen. Obschon sie Schwimmbewegungen machen, werden sie eher getrieben, lauter kleine Gallert-Bräute aus Wasser und Gift, sagte ich. Nichts als Wasser, Magen, Nesselzellen, sagte ich im Weitergehen, meine Frau blieb noch einen Moment und sah den Quallen zu. Wer denkt da an Verdauung und Gift, sagte sie später, sie stieß mir mit dem Ellenbogen in die Seite, wir waren vergnügt auf dem Heimweg.

Überall hat das Meer sein Salz hinterlassen, ganze Felder sind versalzen, nichts wird in dieser ergrauten Erde während der nächsten Jahre wachsen. Als hätte uns das Meer nicht bereits genug Andenken zugemutet, blieb nun das Salz auf vielen Quadratkilometern Land zurück, wo einst und seit jeher der Reis wuchs. Flächen aus getrocknetem Schlamm, Flächen aus vom Meer zurückgelassenem, abgelagertem Salz, und am Rand, aus der Sicht genommen, immer noch unsere

Trümmer, sortiert, wie zurechtgemacht und aufgebahrt.

Die Bauern sehen über ihre Felder aus salziger Erde, als müssten sie sich immer noch an den Anblick gewöhnen oder als könnten sie etwas tun, hätten sie nur den richtigen Einfall. Meine Frau sagt, es gebe Geschäftsleute, die sehr kluge Ideen hätten, was man zum Beispiel mit der vielen versalzenen Erde, was man mit den verseuchten Feldern tun könnte. Man erzählt, sie wüssten, wie man auf der Welle reitet, sagt meine Frau, und so nenne man diese Geschäftsleute, die, die auf der Welle reiten, aber das komme nicht in den Nachrichten, das höre man hinter vorgehaltener Hand, auch unser neuer Nachbar sei gewiss einer, der auf der Welle reitet, sagt meine Frau.

So viele leben in den Containern, in den quadratischen Räumen, stellvertretend für das, was einmal gewesen ist, stellvertretend für das, was ihnen von dem einen auf den nächsten Moment genommen wurde. So sind sie Fremde geworden in ihren Leben. Jene wie meine Frau und ich hingegen, die man nicht in den Containern unterbringen musste, können von Glück reden, doch kaum jemand redet mehr von Glück, schweigsam sind wir geworden.

Ich warte darauf, dass einer der Kollegen kommt, um mir zu sagen, dass der identifizierte junge Mann nicht ihr Bruder ist. Ich werde mich darum kümmern, wird meine eingeübte, ruhige Antwort sein. Der Tote wird die Nummer dreiundsiebzig zurückbekommen, das Gesicht wird erneut zu überdenken sein, ich werde die Fotos nochmals ansehen und das Gesicht von Neuem zeichnen, die Zeichnung werde ich dann in die Vitrine hängen, um den wirklichen Namen des Toten zu ermitteln. Ich warte also auf den Kollegen, der mir ermöglicht, alles rückgängig zu machen, und während ich warte, zeichne ich Gesichter.

Ich denke, ich habe alles gesehen, was man an Verletzungen sehen kann. Es ist, als sei ich geimpft gegen den Anblick von Verletzungen. Nur im Schlaf, wenn Aoko sich im Wasser dreht, wenn meine Frau am Strand entlanggeht und sich nicht nach mir umsieht, wenn ich in meinem gläsernen Tunnel stehe und nichts zu mir gehört, dann wirkt die Impfung nicht.

Ich wollte sehen, was geschieht, wenn ich von hier weggehe, sagt meine Frau. Sie war zwei Tage und zwei Nächte nicht zu Hause gewesen. Ich weiß nicht, weswegen ich nicht nach ihr gesucht habe, weswegen ich sie nicht frage, wo sie gewesen ist. Was soll denn schon geschehen, während du weg bist, sage ich. Ich komme wieder, und alles hier ist verschwunden, zum Beispiel, antwortet meine Frau, und ich sehe ihr beim Sprechen zu, so, wie ich ihr bereits beim Einräumen der Wäsche zugesehen habe oder dabei, wie sie aus dem Fenster sah. Ich bin da, zum Beispiel, sage ich, dann gehe ich zur Arbeit, zu meinem Leuchttisch, den weißen Radiergummi fest in meiner Faust.

Wo die junge Frau mit ihrer Mutter hingegangen ist, frage ich mich. Ob sie weit weggegangen ist oder einfach nur in die nahen Berge oder irgendwo in eines der Häuser auf einer nahegelegenen Anhöhe, das frage ich mich. Und ich frage es mich in der Ebene neben meiner Frau, wartend auf den Kollegen, der mir ermöglichen wird, alles rückgängig zu machen, der mich zurückwerfen wird auf die Nummer dreiundsiebzig, der mich bitten wird, das Foto noch einmal zur Hand zu nehmen, die Zeichnung noch einmal anzufertigen. Und während ich warte, zeichne ich Gesichter.

Ich werde nie vergessen, wie ich eilig von der Mauer aufstand und ging, bevor die Mutter seinen Namen sagte. Die junge Frau sah mich gehen, sie sah mich freundlich an, ich hatte es eilig, ich ging schnell, denn ich wusste, sobald die Mutter den Namen ihres Sohnes ausgerufen haben würde, hätte sie gleichsam mich als Betrüger ausgerufen.

Meine Frau stellt keine Fragen, vielleicht aber bemerkt sie, dass sie besser Fragen stellen sollte, denn sie weicht mir aus, sie sagt, sie habe schon gegessen, und so sitzt sie mir schweigend gegenüber, dann geht sie in die Küche, während ich alleine zu Ende esse. Meine Frau öffnet und schließt eine Schublade, sie lässt mich glauben, sie habe zu tun, mir zuliebe. Sie ist schweigsam geworden, wie wir alle schweigsam geworden sind, und ich erinnere mich daran, wie Aoko bei uns saß, und sie hörte nicht auf zu erzählen. Sie erzählte uns meist vom Kindergarten, sie zeigte uns Sportübungen oder sang ein Lied, das sie gelernt hatte. Aokos Stimme war so klein, ich kann mir keine Melodie mehr vorstellen, sagt meine Frau.

Wir sehen uns beim Lächeln zu

Ich kümmere mich darum, ich spreche mit den beiden Hinterbliebenen, mit der Mutter, mit der Schwester, sage ich ruhig. Der Kollege geht aus dem Zimmer, in deiner Haut möchte ich nicht stecken, sagt er im Gehen.

Dass es so viel Schlamm geben kann, das hätte ich nicht gedacht, überall so viel Schlamm, auch des Nachts im Schlaf so viel Schlamm, und ein Piano steht spielbereit, und Hunde irren umher. Ich kümmere mich darum, sage ich, während ich eines der Gesichter zeichne, ich kümmere mich darum.

Meine Frau und ich, wir sehen uns zu, früher sahen wir uns in die Augen, jetzt sieht meine Frau mir, und ich sehe meiner Frau zu. Wir sehen uns beim Sitzen zu, beim Gehen, wir sehen uns zu, wie wir aus Fenstern sehen, wie wir Schuhe ausziehen oder Schuhe anziehen, wie wir aus dem Zimmer gehen oder das Zimmer betreten, wie wir kauen und schlucken und sprechen. Ich habe keinen Trost für sie, sie hat keinen Trost für mich. Wir tun so, als wüssten wir nichts davon, manchmal lächeln wir, das macht es einfacher. Wir sehen uns beim Lächeln zu.

Und es wird wieder Mitte August werden, und wieder werden die Geister der Ahnen zu Besuch kommen, wieder wird getrommelt und getanzt werden, wieder werden Feuer und Licht die Toten willkommen heißen, die wenig später dann mit ebensolchen Lichtern ins Jenseits zurückgeschickt werden. Und in den Häusern stehen die schwarzlackierten Holztäfelchen mit den goldenen Namen darauf, die den Toten gegeben wurden, so viele Fotos jedoch fehlen auf den Altären, so viel Asche für die Urnen fehlt.

Meine Frau trägt ein neues Kleid, sie trägt neue Schuhe, sie hat sich die Augen geschminkt. Kaum mehr Neonlichter, fast niemand ist abends unterwegs, das Städtchen ist nun ein anderes Städtchen, sagt meine Frau. Ich weiß nicht, was ich zu dem Kleid, zu den Schuhen, zu den geschminkten Augen sagen soll. Willst du ausgehen, frage ich sie, meine Frau nickt, ich habe darüber nachgedacht, ich habe versucht, es mir vorzustellen, ich weiß nicht, antwortet meine Frau, und sie zieht das Kleid zurecht. Ich gehe mit ihr nach draußen, wir sehen uns zu, wie wir Hand in Hand gehen, wir sehen uns beim Schlendern zu, beim Stehenbleiben, beim Weitergehen, wir sehen uns zu, wie wir die Straßenseite wechseln, wie wir an neuen Häusern vorübergehen, die nun unsere Platzhalter-Nachbarschaft bilden. Meine Frau sieht mir zu, wie ich ihre Stirn küsse, ich sehe meiner Frau zu, wie sie vor mir steht, wie sie in den neuen Schuhen weitergeht. Ich höre ihre Schritte neben mir, und ich denke daran, wie es wäre, in den Westen zu ziehen, wie es wäre, keines der Gesichter mehr zu zeichnen, neu zu beginnen, dort, wo alles wirklich neu für uns wäre. Der Westen wäre vielleicht dieses weiße Blatt Papier, das wir hier niemals mehr finden werden, bei all den ausradierten Stellen. So sehr wir uns auch darum bemühen, hier neu zu beginnen, es ist lediglich ein Durchhalten. Es wäre überall lediglich ein Durchhalten, sage ich, in diesem Moment zusammenhangslos für meine Frau. Sie sieht mir beim Sprechen zu, ja, sagt sie dann leise, hier oder an einem anderen Ort, es ist egal, sagt sie, und ich stehe in meinem gläsernen Tunnel, nichts gehört zu mir.

Es gibt ein weißes Seehundplüschtier, sagt meine Frau, es bewegt sich und es macht Geräusche, sobald man es krault, es schließt die Augen und öffnet sie, Augen mit langen gebogenen Wimpern, das Seehundplüschtier heißt Paro. Man legt es den traurigen Alten zum Trost in die Arme, sagt meine Frau, sie lacht darüber, ich höre ihre Schritte neben mir. Du bekommst auch einen Paro, wenn du nicht aufhörst, darüber zu lachen, sage ich. Meine Frau hakt sich mir unter, so gehen wir durch die Straßen, ich höre ihre Schritte, wir haben plötzlich und kurz nur eine Ahnung von Fröhlichkeit.

Was sieht man an, das ist die Frage

Ich weiß, ich werde nicht gehen, ich werde den langen Atem haben, den ich brauche, um alle Gesichter zu zeichnen, das ist es, was ich zu tun habe, und nichts in mir zeigt nach Westen, alles in mir hält fraglos den Radiergummi fest in der Faust, hört fraglos die Bleistiftspitze auf dem Papier, alles in mir sucht nach der richtigen Form von Augenbrauen, Lippen, Kinnpartien, alles in mir will zur Ruhe kommen mit der Nennung des letzten Namens. Ich atme aus, ich atme tief wieder ein. Wie geht es Ihnen heute, fragt die junge Frau, sie steht im Türrahmen, so jung, wie auch ich einmal jung gewesen bin. Es geht soweit ganz gut, nicht wahr, sage ich, sie lächelt. Meine Mutter ist gestorben. Wir hatten noch genug Zeit, von hier fortzugehen, dann ist sie gestorben, genau so, wie es am Besten für sie gewesen ist, sagt die junge Frau. Bis zur Nennung des letzten Namens und vermutlich darüber hinaus werde ich bleiben, sage ich, und ich weiß, die junge Frau ist hier, um sich zu bedanken, und ich weiß, sie kommt, um sich zu verabschieden, sie hält einen kleinen, zerkratzten Buddha in der Hand. Ich werde so weit wie möglich vom Meer entfernt leben, sagt die junge Frau, ich werde Ihnen schreiben, ich möchte unbedingt, dass Sie immer wissen, wo ich bin, und ich will es nicht erfahren, falls mein Bruder gefunden wird, sagt sie. Ich nicke, nichts in mir zeigt nach Westen, nie werde ich mich von dieser Küste entfernen, nie werde ich mehr diese Ebene verlassen, auch dann nicht, wenn der letzte Name endlich ausgesprochen worden ist, ich nicke der jungen Frau zu. Wir verlassen das Büro, wir gehen spazieren, bis es dunkel wird, und ich weiß, so verbringen wir nun unsere letzten herausgeschnittenen Stunden, während es dunkel wird. Der zerkratzte Buddha sitzt in meinem Büro neben dem Radiergummi-Elefanten, den mir Aoko schenkte.

Meine Frau hat einen Koffer gepackt, es ist ein kleiner, ein neuer Koffer, er steht direkt neben der Eingangstür im Flur des neuen Hauses, dort, wo auch ihr Mantel hängt. Man kann das Haus nun nicht mehr verlassen oder betreten, ohne diesen Koffer zu bemerken. Ich hob ihn an, er war gepackt, ich sah nicht hinein, ich fragte meine Frau nicht, was der Koffer dort im Flur zu bedeuten hat. Ich musste sie nicht fragen, ich weiß, er ist ihr Erdbebenkoffer, und wann immer man ihn stehen sieht, dort im Flur, wird man daran erinnert, dass die Wörter Haus, Boden, Dach oder Wände ihre Bedeutung verändert haben. Dass meine Frau einen Koffer gepackt haben könnte, um zu gehen, befürchte ich nicht. Ich dachte darüber nach, ob sie es als Missachtung empfindet, dass ich nicht nach dem Koffer frage, dass ich nicht befürchte, sie könne den Koffer nehmen und mich zurücklassen. Für mich ist der Koffer eher ein Beweis dafür, dass wir dieses neue Haus nicht verlassen werden. Ich habe darüber nachgedacht, was ich in einen solchen Erdbebenkoffer packen würde. Mir fiel mein Bleistift ein und ein leeres Blatt Papier. Auch fiel mir ein, dass alles Weitere immer von der Gunst des Momentes abhängt, von der Gunst eines jeden einzelnen Momentes.

Ich träumte davon, wie ich Papier auf dem Leuchttisch fixierte, wie ich begann, ein Gesicht zu zeichnen, ein Mädchengesicht, Aokos Mädchengesicht. Ich versuchte, den Mund nicht zu ihrem Mund werden zu lassen, ich versuchte, mich Aokos Augen, ihrer Nase zu verweigern, es gelang mir nicht. Ich konnte nicht verhindern, dass das Mädchengesicht, das ich zeichnete, zu Aokos Mädchengesicht wurde. Ich träumte von den Häusern ohne Fensterscheiben, von den zerrissenen Vorhängen im Wind.

Meine Frau fragt nicht, wie viele Gesichter noch zu zeichnen sind, manchmal sieht sie meine Hände an, lange, ohne etwas zu sagen.

Was man nicht hat, das kann man nicht verlieren, sagt meine Frau hin und wieder, meist in Zusammenhang mit den verschwundenen Dingen, die wir uns nicht wieder anschaffen wollten. Ich weiß jedoch, dass sie mit diesem Satz immer auch das Kinderzimmer meint, das es in unserem Haus niemals gegeben hat. Aokos Mutter war einmal zu uns gekommen und sie bat uns, Aoko nicht mehr so viel zu schenken. Sie wolle nicht, dass Aoko ein verwöhntes Mädchen werde, es sei ohne Zweifel sehr nett von uns, aber zu viel. Aokos Mutter war es sichtlich unangenehm, uns dies zu sagen, sie hoffe, sie kränke uns nicht, das liege ihr fern, sagte sie. Ich blieb still, ich wusste nicht, dass meine Frau Aoko Geschenke machte, ich blieb auch still, nachdem Aokos Mutter wieder gegangen war. Kleider, Schuhe, Haarschleifen, Puppen, Kleider für die Puppen, Bücher, Stifte, Drachen, Füchse, Hunde, sagte meine Frau nach einem Moment, und dann nahm sie mich in den Arm, und sie sagte nichts, und ich sagte nichts, und ich wusste, dass sie auch das Kinderzimmer meinte, das es in unserem Haus niemals gegeben hat.

Ich zeichne meine Frau als junge Braut in ihrem Abendkleid, ihr Gesicht ist fünfundzwanzig Jahre alt, ihr Körper ist fünfundzwanzig Jahre alt, das Abendkleid ist leuchtend rot. Ich klebe die Zeichnung in das Platzhalter-Fotoalbum. Die Frage ist, was sieht man an, sagt meine Frau, immer ist das die Frage, was sieht man an. Sieht man zum Beispiel nach Westen, so wendet man allem hier den Rücken zu, sagt sie.

Der runde gelbe Kibitan

Es war ein sonniger Spätwintertag, acht Grad Celsius zeigte das Thermometer an, als wir in die Stadt fuhren. Wir wussten, bald würden die Bäume blühen, wir wussten, bald würde es wärmer werden, bald würden wir kurzärmelige Kleidung tragen. Als es dann wärmer wurde, hatten wir keine kurzärmelige Kleidung mehr, wir hatten keinen Schrank mehr, wir sahen die Blüten nicht an.

Es gab zwei Frösche in unserem Land, erzählt meine Frau. Der eine Frosch lebte in einem kristallklaren Fluss, der durch Kyoto floss, der andere Frosch lebte in einem kleinen Tümpel nahe der Küste. Sie lebten so weit voneinander entfernt, dass keiner der beiden Frösche etwas von dem anderen wusste, erinnerst du dich, fragt meine Frau. Ich zeichnete zwei Frösche, antworte ich. Aoko wollte noch einen dritten Frosch von dir gezeichnet bekommen, als habe sie einen weiteren, einen dritten Ort im Kopf gehabt, sie liebte diese Geschichte der beiden Frösche, antwortet meine Frau, dann lacht sie.

Unser neuer Nachbar ist in diese Gegend gezogen, um sich eine junge Frau zu suchen. Er geht durch die Notunterkünfte, wie man über einen Markt geht. Gefällt ihm eine der jungen Frauen, die alles verloren haben, so umgarnt er sie, er bringt ihr Geschenke, und dann zeigt er ihr sein schönes neues Haus und auch die vielen schönen Dinge darin. Er führt die jungen, verzweifelten Frauen in jedes der Zimmer, er zeigt ihnen einen neuen, leeren Schrank für die Kleider und Schuhe, die er kaufen wird, sobald er weiß, in welcher Größe. Er zeigt ihnen ein Kinderzimmer, er zeigt ihnen den Garten, Aokos Garten. Noch ist keine der jungen Frauen geblieben, nicht viele sind mit ihm in das Haus gekommen, aber einige waren es doch, sie waren höchstens halb so alt wie unser neuer Nachbar. Eine von ihnen kam mit einem Baby auf dem Arm, eine andere hatte einen Hund dabei, eine von ihnen war gewiss nicht über fünfzehn Jahre alt. Es ist noch keine der jungen Frauen bei unserem neuen Nachbar geblieben, obschon ihre Not groß und ein Mann mit Geld in ihrer Not eine Verheißung ist. Im Badezimmer soll es einen Kamm und eine noch eingepackte Zahnbürste geben, das Bett soll für zwei bezogen sein, auf der noch unberührten Seite des Bettes sollen, sauber zusammengefaltet, ein Handtuch und daneben ein Kimono mittlerer Größe bereitliegen, und es soll Säuglingswäsche für einen

Jungen und Säuglingswäsche für ein Mädchen in einer Kommode verwahrt sein. Hätte der neue Nachbar vor jenem Tag bereits hier gewohnt, hätte er wie wir alles an die Welle verloren, dann stünde sein Efeu gewiss auf dem Boden vor seinem neuen Haus, anstelle die Höhe der Welle zu markieren. Der neue Nachbar würde sich nicht so verhalten können, hätte er vor jenem Tag bereits hier gelebt, sagt meine Frau.

Zeichne mir den prächtigen Palast vom großen Herrscher des Meeres, den prächtigen Palast am Meeresboden, wie das Skelett eines Fisches gebaut, zeichne mir die Töchter des Herrschers, sie tragen sehr schöne Kleider, damit sie bald geheiratet werden, sagte Aoko einmal.

Im oberen Drittel der Nase befindet sich einer der Knorpel, der mit dem Nasenbein zusammen den formgebenden Nasenhöcker ergibt. Einen zweiten Knorpel gibt es in der Nasenspitze, die rund oder spitz oder breit oder schmal sein kann. Die Nasenflügel bestimmen die Form der Nasenlöcher. Es ist kompliziert, die Nase eines Tsunami-Opfers zu zeichnen, wenn diese Nase nicht mehr genau zu erkennen ist. Jeder Knorpel, jede Nasenspitze ist eine Behauptung. Jede der gezeichneten Nasen ist vielleicht sogar eine Lüge, sage ich zu meiner Frau. Mach dir keine Sorgen, lacht meine

Frau, eine kleine Behauptung ist noch keine Lüge, eine behauptete Nase sowieso nicht, schon gar nicht, wenn es um diese Zeichnungen geht, lacht sie, mach dir keine Sorgen, wir haben doch schon genug davon. Dieser Tage lacht meine Frau häufig, ich sehe ihr beim Lachen zu. Sie bleibt manchmal lange weg, manchmal kommt sie erst bei Dunkelheit zurück nach Hause, manchmal sitzt sie auch im Dunkeln noch hinter dem Haus. Ich frage nicht, ich denke nicht darüber nach, wir tun beide so, als wüssten wir, dass es nicht der Rede wert ist, weil man im Grunde nichts darüber sagen kann. Wir sehen uns zu, wie wir in dem neuen Haus unsere Platzhalter-Wege gehen, wir haben beide sehr müde Augen.

Bitte laufen Sie weg. Das soll man aus den Lautsprechern gehört haben, es wird kaum zu verstehen gewesen sein, denn das Wasser, das Bersten, die Stimmen überall müssen ein wildes Durcheinander für die Ohren im wilden Durcheinander der Bilder gewesen sein. Bitte laufen Sie weg. In diesem Satz ist alle Klarheit, ist alle Eindeutigkeit und gleichsam alle Hilflosigkeit enthalten. Bitte laufen Sie weg.

Es gibt Maskottchen, die bitten um Blut, wieder andere um Rücksichtnahme auf der Autobahn. Maskottchen werben für Schweinefleisch oder Hilfsbereitschaft gegenüber alten Menschen. Es gibt Maskottchen, die werben für die elektronische Steuererklärung, andere warnen vor dem Rauchen im Bett, andere empfehlen, Obst zu essen. Meine Frau habe im Fernsehen gesehen, wie anstrengend es sei, als Maskottchen zu arbeiten, jede Bewegung müsse man übertreiben in den heißen, schweren Kostümen, weil die Bewegungen der Maskottchen von außen sonst nicht wahrnehmbar wären. Ein ehrenwerter Beruf der großen Geste und der Übertreibung, sagt meine Frau. Eines der Maskottchen, ein runder gelber Plüschvogel mit viel zu kleinen, verkümmerten Flügeln, zu klein, um je damit fliegen zu können, bringe den Kindern bei, nicht in Pfützen zu spielen, nicht am Boden zu sitzen, sich den Mund zu spülen und die Hände zu waschen, sobald sie nach dem Spielen von draußen zurück nach Hause kommen. Die Kinder lernen schnell, sagt meine Frau. Der runde, gelbe Kibitan sei ein regional arbeitender Vogel, einer, der nicht überall im Land zu den Kindern sprechen müsse, er brauche also gar keine funktionierenden Flügel, denn er werde lange bleiben, genau dort, wo er jetzt den Kindern die neue Welt erkläre, sagt meine Frau. Dieser Tage lacht sie häufig. Herr Tanaka steht heut nicht mehr auf, ruft draußen eines der Kinder.

Ich lief einem fünfjährigen Mädchen nach, sagte meine Frau eines Abends, ich sah dem Mädchen zwei Stunden beim Spielen zu. Die Mutter des Mädchens bat mich zu gehen, dreimal bat sie mich darum. Erst, als ich bemerkte, dass ich ihr und ihrem Kind Angst machte, bin ich zurück nach Hause gegangen. Wie ein Schreck war die Scham über mich gekommen, könnte ich doch nur wütend sein, sagte meine Frau. Zu wissen, dass alles ebenso gut immer noch sein könnte, wie es vor jenem Tag gewesen ist, das sollte mich wütend machen, ich sollte endlich Bitternis spüren, sagte sie.

Niemand weiß, wo genau sich der Vater meiner Frau an jenem Tag aufhielt. Niemand weiß, was der Vater meiner Frau in diesem letzten Moment seines Lebens tat, ob er versuchte, sich zu retten, ob er sich hinsetzte und darauf wartete, was mit ihm geschehen würde, im Wissen darum, nichts mehr aufhalten zu können, ob er in Panik versuchte, einige seiner Dinge zu retten, ob er aus dem Schlaf gerissen nur langsam oder aber gar nicht verstand, was geschah, ob er in Furcht versuchte, auf das Hausdach zu gelangen, ob er ein weißes Tuch suchte, jedoch keines fand in seiner Aufregung oder ob er anderen vergeblich zu Hilfe eilte. Niemand weiß, ob der Vater meiner Frau vielleicht starr vor Entsetzen auf der Straße stand oder zu spät in Richtung Berge lief, niemand kann es meiner Frau sagen, niemand kann die Fragen beantworten, die sich aufdrängen. Das Einzige, was meiner Frau zu tun übrig bleibt, ist, diese Fragen nicht zu stellen.

Ein Stehaufmännchen und eine Rassel

Es heißt, es gebe löchrige Mineralien, sie seien durchlässig wie Gitter, durch die das Regenwasser zwar fließe, in denen sich hingegen jene Teilchen festsetzten, die den Reis, den Tee oder das Gemüse kontaminieren würden. Es heißt, dreißig Jahre und länger werde die sogenannte Erholung dauern, andere sprechen von vier Jahren. Sein Land nicht zu verlassen, ist nun ein Wagnis, das Bleiben hat seine Bedeutung verändert. Seit jenem Tag ist das Bleiben mutig, nicht das Fortgehen. Mundschutz, Hüte, elektronische Zähler sind die Ausstattung der Mutigen, die beobachten müssen, wie sich die Stämme der Bambusbäume unaufhaltsam rot verfärben.

Woran soll ich denken, fragte meine Frau hin und wieder vor dem Einschlafen. Ich hätte ihr etwas antworten, ich hätte ihr Gedanken aufgeben, ich hätte das Unausgesprochene mitdenken sollen.

Als ich heute nach Hause kam, stand ihr Koffer nicht mehr im Flur. Leise schloss ich hinter mir die Tür, ich sah sofort, dass der Koffer meiner Frau, dass ihr Mantel fehlte. Als ich langsam durch die Zimmer des neuen Hauses ging, suchte ich nicht nach meiner Frau, ich ging die Zimmer ab, weil es mir logisch erschien, die Zimmer abzugehen, in die meine Frau niemals wieder zurückkehren wird.

Ob wir die Ebene je Landschaft nennen werden, hatte mich meine Frau eines Abends gefragt. Ich stelle mir meine Frau in ihrem Mantel vor, wie sie die Tauben füttert, die Krähen, neben ihr steht der Koffer. Vielleicht sieht sie in diesem Moment nach Westen und wendet somit allem hier den Rücken zu. Ich verlasse das neue Haus und gehe ohne Ziel durch die Straßen.

Aoko saß auf meinem Schoß, und ich sang für sie. Wo ist das Kindermädchen hingegangen? / Hinter die Berge, in die Heimat ging sie. / Was wirst du als Geschenk aus ihrer Heimat bekommen? / Eine Spielzeugtrommel und eine Flöte. / Ein Stehaufmännchen und eine Rassel. Ein Stehaufmännchen und eine Rassel, sang ich, Aoko war fest eingeschlafen. Ich wagte es nicht, mich zu bewegen, ich atmete flach, ich fürchtete mich davor, niesen oder husten zu müssen. Aokos Körper war warm im Schlaf, ihre Arme, ihre Füße hingen herab, ihr Kopf lehnte an meiner Schulter mit dem Gesicht zu meinem Hals. Aoko schwitzte ein wenig, ich atmete flach, so blieben wir sitzen, ich fürchtete, wir könnten gestört werden, Aokos ruhiges Atmen spürte ich an meinem Hals.

Ich war am Strand. Kinder badeten mit ihren Eltern, sie tobten in den Wellen, sie tauchten, sie schnappten nach Luft, verschluckten Wasser, sie jubelten und lachten. Das Aufsichtspersonal gab acht auf die Badenden, es warnte vor der Strömung, vor den Untiefen. Die kleineren Kinder hielten sich an ihren bunten Schwimmreifen fest, die etwas größeren lernten von ihren Eltern, wie man schwimmt, die großen jagten einander durch die Wellen, die Sonne schien, es war windig. Unweit vom Strand sickert seit jenem Tag das verseuchte Wasser in den Boden und gelangt ins Meer. Es heißt, Fachpersonal entnehme täglich Wasserproben, Fachpersonal, als Urlauber verkleidet, um die Badenden nicht zu erschrecken. Ich stand zwischen Sonnenschirmen und Sandburgen, Kinder hielten die Hände ihrer Eltern, sie vertrauten darauf, dass ihnen in den Wellen nichts geschehen wird. Die Stimme aus den Lautsprechern wünschte den Badenden Entspannung, die Stimme riet, den Tag zu genießen. Ich blieb nicht lange am Strand.

Es ist sinnlos, darüber nachzudenken, wo ich nach meiner Frau suchen könnte, es gibt keinen Ort mehr, der eine Bedeutung für sie hat, an den sie gehen würde, damit ich sie finden kann. Sie will nicht von mir gesucht und gefunden werden, das musste sie mir nicht sagen, das musste sie mir auf keinen Zettel schreiben.

Es gab ein sehr schönes Foto von meiner Frau, einige Jahre nach unserer Hochzeit hatte ich sie fotografiert, weil sie plötzlich so glücklich aussah. Sie sagte es nicht, aber sie sah mich an, und ich konnte es sehen, es war nur dieser Moment, ich fotografierte diesen einen Moment, ich fragte sie nicht, weswegen sie so glücklich aussah. Es reichte, sie so zu sehen. Später einmal sah sich meine Frau das Foto an, du hast damals so glücklich ausgesehen, da war ich plötzlich auch glücklich, sagte sie.

Es fällt mir leicht, das junge Gesicht meiner Frau zu zeichnen. Ich sehe diese Zeichnung lange an, ich sehe ihre Augen an, ihren Mund, ihr Haar. Ich zeichne Falten in das junge Gesicht meiner Frau. Es gibt Falten, die sehr deutlich und klar und scharf zu sehen sind, andere sind weich, wieder andere sieht man kaum. Falten sind aus Licht und Schatten. Erst zeichne ich mit Druck, ich höre nichts als das Geräusch der Bleistiftspitze auf dem Papier, das Geräusch der Gesichter, dann zeichne ich mit immer weniger Druck die eng aneinanderliegenden Striche, die nach außen hin immer weiter voneinander entfernt sind, ich schraffiere an den gesetzten Faltenlinien entlang, ich verwische die Schraffuren, die Spitzen meiner Finger färben sich schwarz. Das Gesicht meiner Frau ist nun nicht mehr jung, es ist älter, als es für mich je alt sein wird. Ich zeichne den Kragen ihres Mantels, ich sehe die Zeichnung lange an, ich zeichne den Koffer, drei Krähen, drei Tauben, dann lege ich den Radiergummi aus der Hand. Lange bleibe ich sitzen, die Spitzen meiner Finger sind schwarz, das Gesicht meiner Frau ist alt. Ich schreibe ihren Namen unter die Zeichnung, dann lege ich den Bleistift beiseite. Die Zeichnung klebe ich auf die letzte Seite des Platzhalter-Fotoalbums, auf dem neuen Tisch liegt es, nur der Koffer im Flur fehlt und der Mantel meiner Frau. Sie will nicht von mir gesucht und gefunden werden, das musste sie mir nicht sagen, das musste sie mir auf keinen Zettel schreiben. Vielleicht sieht sie gerade in diesem Moment nach Westen und wendet somit allem hier den Rücken zu.

Ich träume oft von den Häusern ohne Fensterscheiben. Es war der elfte März, es war ein sonniger Spätwintertag, das Meer atmete aus, und dann atmete es tief wieder ein, wir wurden schweigsam. Es entstand die Kante, die auf ewig nun genau markiert, wo das Glück sich aufhielt, und wo das Glück an jenem Tag nicht war. Über der Ebene reichen die Töne der Glocken weiter als je zuvor. Ich werde niemals mehr erzählen können, ohne auch den mit Fotografien gefüllten Aktenschrank zu meinen. Sie haben Bäume dort unten, sie haben viel Platz dort unten und Berg und Tal. Ich träumte von einer Frau und einem Mann, sie drehten sich im Kreis, und der Rock der Frau flog, und der Schlamm spritzte in alle Richtungen, einer saß am Piano im Schlamm und spielte für sie. Aber wie dies alles verzeihen, fragte meine Frau einmal. Im Traum zeichnete ich Aokos Gesicht, Vögel fliegen paarweise nach Hause, rief sie mir zu, und ich weiß, dass sich plötzlich und unerbittlich eine bestimmte Uhrzeit an einem bestimmten Tag in den Kalender brennen kann, und in alle folgenden Kalender. Auf immer wird das ganze Land seit jenem Tag nun einmal im Jahr um vierzehn Uhr sechsundvierzig am elften März den Kopf senken, zu Boden sehen, innehalten, und alles, was uns geblieben ist, weist darauf hin, dass alles andere fehlt. Das Bleiben hat an jenem Tag seine Bedeutung verändert. Jeder Glücksmoment sollte ausgesprochen werden, all das sollte ausgesprochen werden, was wir seit jenem Tag nicht mehr auf selbstverständliche Weise im Kopf tragen. Drückt sich die Welle in meine Gedanken, so hole ich tief Luft, ich hole tief Luft für die Nächte, für die Tage, für jeden meiner Striche auf dem Papier, ich hole tief Luft für all das, was kommt.

Ganz besonders herzlicher Dank gilt Masahiko Tsuchiya, dem Schröder und Jürgen Abel.

Die Arbeit der Autorin am vorliegenden Buch wurde vom Deutschen Literaturfonds e.V. gefördert.

Zweite Auflage 2016

ISBN 978-3-86351-077-0

Lektorat: Petra Wägenbaur, Tübingen.
Umschlaggestaltung: Christiane Hemmerich Konzeption und Gestaltung, Tübingen.
Herstellung: Horst Schmid, Mössingen.
Satz: CompArt, Mössingen.
Druck und Einband: Pustet, Regensburg.

Mehr über das Verlagsprogramm von Klöpfer & Meyer finden Sie unter *www.kloepfer-meyer.de*